La Duchesse De Chateauroux Et Ses Soeurs

Edmond de Goncourt

LA DUCHESSE DE CHÂTEAUROUX ET SES SŒURS

I

Louis XV pubère dans le courant du mois de février .Amour de la chasse et sauvagerie du jeune Roi.Son éloignement de la femme.Le duc de Bourbon forme le projet de marier Louis XV.État dressé des cent princesses à marier en Europe.Les dixsept princesses dont le Conseil examine les titres.Mademoiselle de Vermandois et les causes qui l'empêchèrent de devenir Reine de France.Marie, fille de Leczinski, Roi de Pologne.Certificat des médecins sur les aptitudes de la princesse à donner au Roi de France des enfants.Déclaration de son mariage par le Roi à son petit lever.Contrat de mariage de Louis XV et de Marie Leczinska.Épousailles par procuration de la princesse polonaise à Strasbourg.Arrivée de la Reine à Moret.Célébration du mariage du jeune roi dans la chapelle de Fontainebleau, le septembre .Amour du Roi pour sa femme.Dépêche du duc de Bourbon sur la nuit de noce de Louis XV.

Louis XV né le février , était pubère dans le courant du mois de février .

L'enfant malingre dans l'exercice quotidien et passionné de la chasse, en une existence toujours au vent, à la pluie, au soleil, à la gelée, était devenu fort et musculeux. À quatorze ans et demi, Louis XV aura les apparences d'un jeune homme de dixhuit ans.

Les forêts retentissantes des aboiements des chiens, les journées à cheval où le chasseur endiablé prend un malin plaisir à harasser et à tuer sa suite, les solides et animales réfections après le forcement des bêtes et les curées toutes chaudes de sang fumant, les longues stations au cabaret, dit du Peray, près Rambouillet, égayées de plaisanteries et de joyeusetés féroces: C'est là tout ce que semble aimer sur la terre ce grand et vivace adolescent qui fuit la société des femmes comme la peste, qui évite même de les regarder. Chez le souverain et le maître, il y a en ce temps comme la sauvagerie brutale, méchante et farouche d'un jeune Hippolyte.

On dirait même que Louis XV, à l'époque de sa majorité de Roi de France, ce Louis XV bientôt si amoureux de la femme, éprouve un éloignement, une répulsion, une horreur singulière et étrange du sexe. Des témoignages irrécusables parlent de mauvaises habitudes nées et développées dans l'ombre des garderobes, de fréquentations de pages, de sales polissonneries qui, un moment, faisaient craindre de voir reparaître à Versailles les goûts contre nature et les mignons de la cour des Valois.

Dans l'été de , un voyage est organisé pour Chantilly qui n'a d'autre but que de chercher à inspirer à Louis XV le goût de la femme; et en lui amenant ses sens et ses tendresses, la cour espère voir s'adoucir, s'humaniser, pour ainsi dire, le naturel intraitable et anormal du jeune Roi.

La virilité inquiétante du Roi, jointe à de courtes et violentes maladies, amenées tantôt par un excès de nourriture, tantôt par la fatigue d'une journée de chasse où l'on avait couru à la fois et un cerf et un sanglier, tantôt par l'effort furieux que le jeune chasseur avait fait pour casser un arbre dans une forêt, décidait le duc de Bourbon, déjà sollicité par le sentiment public, à marier Louis XV. M. le Duc songeait en outre, comme chef de la maison de Condé, que si le Roi venait à mourir sans héritier, c'était la maison d'Orléans qui était appelée à recueillir la succession. Le projet de renvoyer l'Infante qui n'avait que sept ans et ne pouvait donner des enfants à Louis XV que dans six ou sept années était arrêté, et bientôt, malgré l'opposition de M. de Fréjus, le renvoi était adopté au conseil.

Alors se faisait un travail sur les princesses de l'Europe à marier, travail que nous retrouvons aux Archives nationales sous le titre:

ESTAT GÉNÉRAL DES PRINCESSES EN EUROPE QUI NE SONT PAS MARIÉES, AVEC LEURS NOMS, ÂGES ET RELIGION.

«Il y en a quarantequatre de l'âge de ans et audessus et qui, par conséquent, ne conviennent pas.

Il y en a vingtneuf de ans et audessous qui sont trop jeunes.

Il y en a dix dont les alliances ne peuvent convenir parce qu'elles sont de branches cadettes, ou si pauvres que leurs pères et leurs frères sont obligés de servir d'autres princes pour subsister avec plus d'aisance.

Il reste dixsept princesses sur lesquelles se réduit le choix à faire pour Sa Majesté et dont l'état est cijoint avec des observations.

La liste des dixsept princesses était celleci: Anne, fille du prince de Galles: ans. AmélieSophie, fille du même: ans. MarieBarbeJoseph, fille du roi de Portugal: ans. CharlotteAmélie, fille du roi de Danemark: ans. FrédériqueAuguste, fille du roi de Prusse: ans. AnneSophie, fille de l'oncle paternel du roi de Prusse: ans. SophieLouise, fille du même: ans. Élisabeth, fille ainée du duc de Lorraine: ans. Henriette, troisième fille du duc de Modène, ans. Marie Petrowka, fille du Czar: ans. Anne, fille du même: ans. CharlotteGuillelmine, fille du duc de SaxeEisenach: ans. ChristineGuillelmine, fille du même: ans. MarieSophie, fille du duc de MecklembourgStrélitz: ans. Théodore, fille de Philippe, frère du prince de HesseDarmstadt: ans. ThérèseAlexandrine, Mademoiselle de Sens: ans. Mademoiselle de Vermandois, ans.

Anne, princesse aînée de Galles ans.

Le duc de Bourbon, ne mettant pas en doute que la princesse Anne n'embrassât pas la religion catholique, faisait un exposé des avantages et des désavantages de l'alliance. Par ce mariage la France devait avoir le concours de l'Angleterre pour calmer les mouvements du ressentiment de l'Espagne. Cette alliance devait en outre, dans le cas d'un conflit, amener la neutralité de la Hollande, toujours attachée aux intérêts de l'Angleterre. Enfin elle devait rendre plus entière l'entente avec le Roi de Prusse qui sentait le besoin de ne pas se séparer de cette puissance. Les désavantages étaient ceuxci : ° L'effroi de la catholicité devant ce mariage avec une princesse qui resterait, malgré son abjuration, attachée à son ancienne religion; ° l'empêchement à tout jamais apporté à la protection qu'il conviendrait peutêtre un jour d'accorder au chevalier de SaintGeorges; ° l'hostilité de la cour de Rome dont on avait besoin pour faire sentir au Roi d'Espagne que le mariage de Louis XV était indispensable; ° l'appui donné, dans le cas où la Reine aurait une autorité dans le gouvernement, aux religionnaires, aux jansénistes, cause de tous les malheurs qui étaient arrivés sous les règnes de Henri III et Henri IV.

AmélieSophie, seconde princesse de Galles ans.

Mêmes raisons, en faveur ou en défaveur de cette princesse que celles données au sujet de sa sœur aînée.

MarieBarbeJoseph, infante de Portugal ans.

La mauvaise santé de la famille de Portugal, les esprits fols et égarés qu'elle avait produits, faisaient craindre que le mariage ne produisît pas le résultat cherché. On craignait que la princesse n'eût pas d'enfants, qu'elle en eût trèstard, que ces enfants mourussent, enfin que cette alliance n'introduisît dans la maison de France les vices du sang de la maison de Portugal.

CharlotteAmélie, princesse de Danemark ans.

Cette princesse était luthérienne et nièce d'une tante qui avait refusé d'être Impératrice pour ne pas changer de religion. Puis, en cas d'une abjuration, il y avait à redouter d'être engagé à prendre un parti trop déclaré contre le Czar et la Suède pour maintenir le père dans le duché de Neswick.

FridériqueAugusteSophie, princesse de Prusse ans.

Princesse luthérienne qui était, par les derniers traités entre l'Angleterre et la Prusse, promise au fils aîné du prince de Galles.

Les deux filles du margrave Albrecht, oncle paternel du Roi de Prusse.L'aînée ans, la cadette, .

Princesses calvinistes qui, n'étant que cousines germaines du Roi de Prusse, n'assureraient pas l'appui à la France du Roi appartenant au Roi d'Angleterre par les doubles mariages que ces deux souverains avaient faits entre leurs enfants.

Élisabeth, princesse aînée de Lorraine ans.

Le passé où on retrouve des princesses de Lorraine, reines de France, plaidait en faveur de cette princesse, mais le duc de Bourbon faisait remarquer que les princesses de Lorraine qui avaient été reines de France avaient toujours apporté la guerre civile. Il ajoutait que cette maison avait une liaison trop intime avec la maison d'Autriche, et prédisait le mécontentement des ducs et des grands du royaume menacés de la prépondérance des princes lorrains établis en France.

Henriette, troisième princesse de Modène ans.

La princesse Henriette était écartée comme fille d'un trop petit prince et sortant d'une maison où il y avait eu trop de mésalliances.

Marie Petrowka, princesse aînée czarienne ans.

Le mariage de cette princesse était arrêté avec le duc de
HolsteinGottorp.
Anne, princesse czarienne ans.

La princesse Anne dont la main avait été offerte par la czarine, princesse bien faite et d'une figure aimable, était repoussée à cause de la basse extraction de sa mère, de l'éducation et des habitudes barbares de son pays, du sang encore trop neuf de la famille des Czars pour les vieilles familles royales de l'Europe.

CharlotteGuillelmine et ChristineGuillelmine, filles du duc de SaxeEysenachL'aînée ans, la cadette ans.

MarieSophie, fille du duc de MecklembourgStrélitz ans.

Trois princesses luthériennes sortant de branches cadettes peu riches.

Théodore, fille de Philippe, frère du prince de HesseDarmstadt ans.

Luthérienne dont le père était cadet d'une branche cadette, et sa sœur mère du duc d'Havré, Flamand au service de l'Espagne.

Ici le duc de Bourbon arrivait à ses deux sœurs.

Mademoiselle de Sens ans.

«Il y a quelque chose à dire sur sa taille.»

Mademoiselle de Vermandois ans.

«Sa figure est telle qu'on la peut souhaiter.»

Ses mœurs ont répondu à son éducation; sa vocation pour la retraite est un témoignage de sa sagesse et de sa religion.

Elle est d'un caractère doux et d'un esprit aimable; son âge, qui peut être objecté, la rend plus propre à donner des héritiers bien constitués, et il pourrait mieux convenir de préférer une personne dont on connaît l'esprit et le caractère, à une autre dont on les ignore et qui les pourrait avoir tels qu'on aurait lieu par les suites de se repentir du choix qu'on aurait fait.

Ici, le duc de Bourbon prenant la parole, disait que la naissance de mademoiselle de Vermandois ne pouvait être considérée comme un obstacle à son élévation au trône, puisqu'elle était issue de Louis XIV au même degré que le duc d'Orléans qui pouvait peutêtre devenir roi. Le duc de Bourbon ajoutait: «Dans les différentes conférences et assemblées tenues au sujet du mariage de V. M., les personnes consultées n'ont trouvé que des obstacles qui me sont personnels...»

Après un mûr examen du rapport du duc de Bourbon par les entours du Roi, quinze princesses étaient rejetées, et il ne restait plus que la princesse Anne d'Angleterre et mademoiselle de Vermandois sur lesquelles on voulût faire porter le choix du Roi.

Un conseil était tenu. M. de Fréjus déclarait que la princesse d'Angleterre lui paraissait le parti préférable, tout en ajoutant que le mariage du Roi avec une princesse de la maison régnante d'Angleterre avait l'inconvénient de forcer la France à donner l'exclusion au chevalier de SaintGeorges. Dans le cas où ce mariage manquerait, il adoptait l'idée du mariage avec mademoiselle de Vermandois. Villars et le maréchal d'Uxelles opinaient comme Fleury, le maréchal d'Uxelles, toutefois, avec une nuance de froideur pour la sœur du duc de Bourbon. Venaient ensuite M. de Morville, de Bissy et Pecquet qui se montraient trèschauds pour mademoiselle de Vermandois. Le comte de la Mark, lui, disait bien haut qu'on ne devait conclure le mariage d'Angleterre qu'à toute extrémité et qu'il était entièrement favorable à un mariage contracté avec une des princesses cadettes de la maison de Condé.

Sur ces entrefaites, on recevait le refus du Roi d'Angleterre qui, sondé secrètement sur le mariage du Roi de France avec sa fille, faisait répondre que les constitutions de l'État s'opposaient à ce qu'une princesse anglaise changeât de religion, et la cour s'attendait bientôt à voir mademoiselle de Vermandois devenir la femme de Louis XV, et le duc de Bourbon son beaufrère.

Comment, alors que tout semblait assurer la réussite d'une alliance qui faisait la grandeur de la maison de Condé, comment ne se fitelle pas avec les facilités, les pleins pouvoirs qu'avait le duc de Bourbon? S'il faut en croire le récit un peu romanesque de Soulavie et de Lacretelle, le mariage manqua par un accès de dépit et de colère de madame de Prie, la maîtresse du duc de Bourbon. Au dernier moment, madame de Prie, qui voulait dans l'épouse de Louis XV un instrument de domination future, eut la curiosité de connaître la femme qu'elle travaillait à mettre sur le trône. Elle se rendit à son couvent, se fit présenter sous un nom supposé et lui fit pressentir les hautes destinées qui l'attendaient sans pouvoir exciter chez la hautaine personne un mouvement de surprise, de joie. Donc peu de reconnaissance à attendre. Madame de Prie poussa la chose plus loin, elle voulut avoir l'opinion personnelle de la jeune princesse sur son compte, et, dans la conversation, elle prononça son nom avec quelques mots d'éloges. Mademoiselle de Vermandois l'interrompit en laissant percer toute son horreur pour la méchante créature, et plaignant son frère d'avoir près d'elle une personne qui le faisait détester de toute la France. Madame de Prie quittait le parloir sur cette phrase qui lui échappait: «Va, tu ne seras jamais Reine.»

De retour, l'habile femme vantait à son frère la beauté et l'esprit de mademoiselle de Vermandois, chargeant ParisDuverney de détourner le Duc d'un mariage qui la perdrait elle et ses protégés. Duverney, inquiet pour luimême, faisait peur au duc de Bourbon de l'hostilité de M. de Fréjus, qui, tout en ne se mettant pas à la traverse du mariage d'une manière ouverte, y était trèsopposé. Il lui montrait mademoiselle de Vermandois devenue Reine, prenant uniquement les conseils de madame la Duchesse sa mère dont il aurait à subir les avis comme des ordres. Enfin chez le prince faible et un peu effrayé par les criailleries des partisans de la maison d'Orléans, il éveillait le sentiment d'étonner par une marque éclatante de désintéressement tous ceux qui le croyaient étroitement occupé de la grandeur de sa maison.

Dès lors il fallait chercher une autre princesse, une princesse qui n'alarmât pas par la grandeur de sa maison les plans secrets et les ambitions de madame de Prie. ParisDuverney, qui avait amené le duc de Bourbon à renoncer au mariage de sa sœur avec Louis XV, était de nouveau consulté, et il donnait l'idée de faire la femme du Roi de France de la fille d'un trèspauvre prince auquel il avait prêté un peu d'argent dans le temps.

Stanislas Leczinski, privé de son royaume de Pologne, des revenus de ses biens confisqués, de la pension que lui faisait Charles XII, et réfugié en Alsace sous le Régent, vivait avec sa femme et sa fille, à Weissembourg, en la compagnie de quelques officiers de la garnison, de quelques chanoines de la localité, et en une misère telle qu'il n'y avait pas toujours du pain dans le castel délabré.

Sa fille trèsvertueuse, mais si mal nippée que madame de Prie sera obligée de lui apporter des chemises, le roi Stanislas avait d'abord cherché à la marier à un simple colonel, Courtanvaux, depuis le maréchal d'Estrées, auquel il ne demandait d'autre apport que l'obtention du titre de duc et de pair. Le mariage manqué par la mauvaise volonté du Régent, Stanislas faisait proposer sa fille au duc de Bourbon, en lui faisant entrevoir les chances que ce mariage pourrait lui donner pour une élection au trône de Pologne. Le Duc n'ayant pas répondu, le bon et excellent père voulant soustraire sa fille aux mauvais traitements de sa mère qui ne l'aimait pas, après avoir échoué près du duc d'Orléans, songeait à faire pressentir le duc de Charolais et successivement tous les princes français.

Au milieu de ces tentatives infructueuses et de ses désespérances de marier sa fille, Stanislas recevait une lettre du duc de Bourbon qui lui annonçait le choix qui avait été fait de Marie Leczinska. Le prince transporté de joie entrait dans sa chambre en lui disant: «Ah! ma fille, tombons à genoux et remercions Dieu.» Elle le croyait rappelé au trône de Pologne, quand il lui apprenait que c'était elle qui devenait Reine de France.

Mais l'alliance ne se concluait pas aussi facilement que M. le Duc l'aurait voulu; malgré les défenses de parler du mariage du Roi sous peine de prison, défenses faites dans tous les cafés de Paris, les nouvellistes clabaudaient contre cette princesse sans illustration, sans crédit, sans argent. Puis on recevait une lettre du roi de Sardaigne qui, comme grandpère du Roi se plaignant de n'avoir pas été consulté, déclarait qu'il y avait à faire quelque chose de mieux et de plus convenable que cette chose condamnée par tout le monde et ne donnant pas grande idée du conseil de M. de Bourbon, lettre qui finissait par la menace de faire repentir un jour le Duc de ce qu'il faisait contre les intérêts du Roi.

Mais il se produisait un incident plus grave, le duc de Bourbon était averti par une lettre anonyme que la princesse tombait du haut mal, et que la Reine sa mère avait demandé plusieurs consultations à une religieuse de Trèves qui avait la réputation de guérir cette maladie. Làdessus émoi du duc de Bourbon; demande au maréchal Dubourg de renseignements auprès d'un habile médecin de Strasbourg sur la constitution de la princesse, puis envoi près de la religieuse de Trèves du sieur Duphénix qui devait ensuite entretenir et questionner le premier médecin du Roi de Pologne sur la santé et le fond du tempérament de la princesse.

Les consultations de la religieuse de Trèves n'étaient point pour Marie Leczinska, mais pour une demoiselle attachée au service de sa mère, et le duc était complètement rassuré par ce certificat attestant la parfaite santé de la princesse et ses aptitudes à donner un dauphin à la France.

«Nous soussignés, conformément aux ordres dont Son Altesse Sérénissime nous a honorés, certifions nous être transportés à la cour de Sa Majesté polonoise, pour prendre connoissance de la constitution de Son Altesse Royale, la princesse Stanislas, de sa santé ou de ses infirmités, si elle étoit atteinte de quelqu'une. Après avoir eu l'honneur de voir Son Altesse Royale, examiné sa taille et ses bras, le coloris de son visage et ses yeux, nous déclarons qu'elle est bien conformée, ne paroissant aucune défectuosité dans ses épaules, ni dans ses bras dont les mouvements sont libres, sa dent saine, ses yeux vifs, son regard marquant beaucoup de douceur. À l'égard de sa santé, monsieur Kast, son médecin, natif de Strasbourg, nous a déclaré que depuis deux ans qu'il a l'honneur d'être à la cour, elle n'a eu d'autres maladies que quelques accès de fièvre intermittente en deux différentes saisons qui ont été terminés chaque fois par une légère purgation et un régime. La vie sédentaire de Son Altesse Royale et le long espace de temps qu'elle passe dans les églises, dans une situation contrainte, lui ont causé quelques douleurs dans les lombes, produites par une sérosité échappée des vaisseaux gênés par la tension des fibres musculeuses, laquelle sérosité nous jugeons tout extérieure, la moindre friction ou le mouvement la dissipant, de même que la chaleur, ce qui fait que pendant l'été elle n'en a point été attaquée. Nous devons ajouter qu'il nous a été rapporté par ledit sieur Kast que la princesse est parfaitement réglée, ses règles d'une louable couleur et ne durant qu'autant qu'il est nécessaire. On peut juger de ce fait par son coloris qui, quoique un peu altéré par les derniers accès de fièvre qu'elle a eus récemment, ne paroît cependant que trèslégèrement changé; la carnation étant naturelle et assez animée pour juger de son rétablissement et de la régularité de ces mouvements périodiques.

«En témoignage de quoi nous avons signé le présent certificat, ce mai à Weissembourg.

«DUPHÉNIX.

«MOUGUE, médecin, inspecteur des hôpitaux du Roi.»

Sur ce certificat, après quelques retardements donnés aux égards que la cour de France croyait devoir au roi d'Espagne, malgré qu'il eût refusé deux lettres du Roi, Louis XV, le dimanche mai, déclarait son mariage qui était annoncé à toute la cour par M. de Gesvres, premier gentilhomme de la Chambre.

Voici les termes dans lesquels le jeune Roi déclarait son mariage: «J'épouse la princesse de Pologne. Cette princesse, qui est née le juin , est fille unique de Stanislas Leczinski, comte de Lesno, cidevant staroste d'Adelnau, puis palatin de Posnanie, et ensuite élu roi de Pologne au mois de juillet , et de Catherine Opalinski, fille du Castellan de Posnanie, qui viennent l'un et l'autre faire leur résidence au château de SaintGermainenLaye, avec la mère du roi Stanislas, Anne Janabloruski, qui, en secondes noces, avait épousé le comte de Lesno, grand général de la grande Pologne».

Aussitôt cette déclaration, le duc de Bourbon écrivait au Roi Stanislas:

« mai .

«Le Roi ayant déclaré aujourd'huy son mariage avec la princesse Marie, fille de Votre Majesté, je crois qu'il est de mon devoir de vous en rendre compte dans le premier moment, afin d'éviter à Votre Majesté l'incertitude dans laquelle elle pourroit être, sur les réponses qu'elle a à faire à ceux qui auront l'honneur de lui en parler. Ainsi, Monseigneur, voilà l'affaire devenue publique, et par conséquent, ceux qui la vouloient traverser déconcertés».

Trois jours après le mai, le duc de Bourbon recevait une lettre confidentielle de Vauchoux, capitaine de cavalerie, qui avait été chargé de la négociation secrète du mariage. Vauchoux assurait le duc que les sentiments de Marie Leczinska, élevée par un confesseur alsacien, étaient ceux d'un enfant ne puisant sa doctrine que dans le catéchisme, lui donnait la confiance que la reconnaissance de la princesse pour Son Altesse Sérénissime éloignerait toujours de son intimité les personnes qui ne lui seraient pas entièrement dévouées, et joignait à sa lettre l'envoi d'une hauteur de jupe, de gants, d'une pantoufle,la princesse ne se servait de souliers que pour danser.

Le duc de Bourbon poussait, activait les préparatifs du mariage, et le août, le duc d'Antin, ambassadeur extraordinaire du Roi auprès de Stanislas, roi de Pologne, faisait à Strasbourg la demande en mariage de la princesse Marie.

À cette demande Marie Leczinska répondait par ces paroles pleines d'émotion:

«À la déclaration de leurs Majestés, je n'ay rien à ajouter, sinon que je prie le Seigneur que je fasse le bonheur du Roy comme il fait le mien et que son choix produise la prospérité du royaume et réponde aux vœux de ses fidèles sujets.»

Le août, était fait et passé à Versailles le contrat de mariage du
Roi, rédigé par La Vrillière:
«AU NOM DE DIEU CRÉATEUR, soit notoire à tous que comme trèshaut, trèsexcellent et trèspuissant prince Louis XV, roi de France et de Navarre, occupé du soin de contribuer au bonheur de ses peuples et de satisfaire leurs vœux unanimes, se seroit enfin déterminé à assurer dès à présent la postérité dont la continuation intéresse si particulièrement le repos de son royaume et celui de toute l'Europe. Et que comme la Sérénissime Princesse Marie, fille de trèshaut et trèsexcellent et trèspuissant prince Stanislas, par la grâce de Dieu, roi de Pologne, et de trèshaute et trèsexcellente et trèspuissante Catherine Opalinska, son épouse, aussi par la grâce de Dieu, Reine de Pologne, est douée de toutes les qualités qui la peuvent rendre chère à Sa Majesté et à tout son royaume; Sadite Majesté auroit demandé aux Sérénissimes Roi et Reine de lui accorder la Sérénissime Princesse Marie, leur fille, pour épouse et compagne; et dans cette vue elle auroit nommé des commissaires pour, conjointement avec celui du Sérénissime Roi Stanislas, converser des articles et conditions nécessaires pour parvenir à l'accomplissement de ce mariage; lesquels articles ont été signés et arrêtés à Paris le du mois dernier, suivant les pouvoirs respectifs, par Sadite Majesté, le du dit mois et par ledit seigneur Stanislas de Pologne, à Strasbourg, le du même mois; ...

«Les convention et traité de mariage entre Sa Majesté et ladite Sérénissime Princesse Marie ont été accordés et arrêtés ainsi qu'il suit. Avec la grâce et bénédiction de Dieu, les épousailles et mariage entre Sa Majesté et ladite Sérénissime Princesse Marie seront célébrés par parole de présent, selon la forme et solennité prescrites par les sacrés canons et constitution de l'Église catholique, apostolique et romaine, et se feront les épousailles et mariage en vertu du pouvoir et commission qui seront à cet effet donnés par Sadite Majesté, laquelle les ratifiera et accomplira en personne quand ladite Sérénissime Princesse Marie sera arrivée en sa cour. ...

«Sa Majesté donnera à ladite Sérénissime Marie, après la signature des présentes, pour ses bagues et joyaux, la valeur de cinquante mille écus, et lors de l'arrivée de ladite Sérénissime Princesse près de Sa Majesté, jusqu'à la valeur de trois cent mille livres, compris ceux qui lui auront été remis d'abord, lesquels lui appartiendront sans difficulté, après l'accomplissement dudit mariage, de même que tous autres bagues et joyaux qu'elle aura et qui seront propres à ladite Sérénissime Princesse, ou à ses héritiers et successeurs, ou à ceux qui auront ses droits et causes.

«Suivant l'ancienne et louable coutume de la maison de France, Sa Majesté assignera et constituera à la Sérénissime Princesse pour son douaire vingt mille écus d'or, soldés chacun an, qui seront assignés sur ses revenus et terres, desquels lieux et terres ainsi donnés et assignés, ladite Sérénissime Princesse jouira par ses mains et de son autorité et de celle de ses commissaires et officiers, et aura la justice comme il a été toujours pratiqué. Davantage à elle appartiendront les provisions de tous les offices vacans, comme ont accoutumé d'avoir les Reines de France, bien entendu toutefois que lesdits offices ne pourront être donnés qu'à des naturels François...»

«Sa Majesté donnera et assignera à ladite Sérénissime Princesse pour la dépense de sa chambre et entretien de son état et de sa maison une somme convenable, telle qu'il appartient à la femme et fille d'un Roi, la lui assurant en la forme et manière qu'on a accoutumé en France de donner leurs assignations pour leurs entretenemens.

«En cas que ce mariage se dissoût entre Sa Majesté et la Sérénissime Princesse, et qu'elle survive à Sadite Majesté, en ce cas il sera libre à la Sérénissime Princesse ou de demeurer en France, dans les lieux qu'il lui plaira, ou en quelqu'autre lieu convenable que ce soit, hors dudit royaume de France, toutefois et quantes que bon lui semblera, avec tous les droits, raisons et actions qui lui seront échus, ses douaires, bagues, joyaux, vaisselles d'argent et tous autres meubles quelconques avec les officiers et serviteurs de sa maison, sans que, pour quelque raison ou considération, on puisse lui donner aucun empêchement, ni arrêter son départ, directement ou indirectement, empêcher la jouissance et recouvrement de ses droits, raisons, actions... et pour cet effet Sa Majesté donnera au Roi Stanislas de Pologne, pour la susdite Sérénissime Princesse Marie, sa fille, telles lettres de sûreté qui seront signées de sa propre main et celle de son scel, et les leur assurera et promettra pour soi et pour ses successeurs Rois, en foi et parole royale.

«Ce traité et contrat de mariage ont été faits avec dessein de supplier Notre SaintPère le Pape, comme Sa Majesté et le Sérénissime Roi Stanislas de Pologne l'en supplient, de l'approuver, et de lui donner sa bénédiction apostolique, promettant, Sa Majesté, en foi et parole de Roi, d'entretenir, garder et observer inviolablement, sans y aller, ni souffrir qu'il soit allé, directement et indirectement, au contraire, comme les susdits comte de Tarlo, commissaire procureur du Roi Stanislas, au nom dudit Roi et de ladite Reine de Pologne, et en celui de la Sérénissime Princesse Marie, leur fille, stipulant sous l'autorité des seigneurs et dame, ses père et mère, en vertu de ses pouvoirs et procurations... ont signé de leur propre main du présent contrat, duquel l'original est demeuré pardevers nous, pour, en vertu d'icelui, en délivrer les expéditions nécessaires en la forme ordinaire; fait et passé à Versailles, le neuvième jour d'août , pardevant nous, conseiller secrétaire d'État et des commandements de Sa Majesté. Signé, LouiseMarieFrançoise de Bourbon; Auguste, duchesse d'Orléans; LouiseFrançoise de Bourbon; L.H. de Bourbon; Charles de Bourbon; MarieThérèse de Bourbon; PhilippeÉlisabeth de Bourbon; N. d'Orléans; LouiseAnne de Bourbon; LouiseAdélaïde de Bourbon; LouisAuguste de Bourbon; Alexandre de Bourbon, MarieVictoireSophie de Noailles, comtesse de Toulouse, comte de Tarlo; Philippeaux; Fleuriau».

Le août, jour de la Vierge, le duc d'Orléans épousait à
Strasbourg Marie Leczinska au nom du Roi de France.
Il y avait de grandes réjouissances à Strasbourg et un bal donné par le duc d'Antin. À ce bal, madame de Prie, qui avait fait la conquête de Marie Leczinska, sur la sollicitation de la Reine, était priée à danser par le duc d'Épernon avant la princesse de Montbazon et la duchesse de Tallard qui était une Soubise.

Enfin la Reine, munie des instructions de son père, se mettait en voyage pour joindre le Roi qui venait de s'établir à Fontainebleau.

Par cette France qui n'a point encore de routes, en cette année où il venait de pleuvoir trois mois de suite, dans ces temps de grandeur et de misère, de luxe et de barbarie, ce fut un terrible voyage que ce voyage où la femme du Roi pensa plusieurs fois être noyée dans son carrosse, et d'où on la retirait, avec de l'eau jusqu'à micorps, à force de bras et comme l'on pouvait.

Enfin, le septembre, Marie Leczinska arrivait à Moret. Le Roi venait audevant d'elle avec toutes les princesses, ne la laissait pas s'agenouiller sur le carreau qu'on avait jeté parmi la boue du chemin, et l'embrassait sur les deux joues avec une vivacité qui étonnait tous ceux qui connaissaient l'éloignement du Roi pour les femmes, tous ceux qui l'avaient entendu dire il y avait deux ou trois mois qu'on ne le marierait pas de sitôt.

Le septembre, Marie Leczinska, arrivée de Moret à dix heures du matin, montait tout droit à son cabinet de toilette, et là, accommodée et parée, se rendait dans le grand cabinet du Roi, d'où le cortège se mettait en marche pour la chapelle, traversant la galerie de François Ier, descendant le grand escalier entre la haie des Cent Gardes et des Suisses, la hallebarde à la main.

Au milieu de la chapelle avait été élevée une estrade au bout de laquelle se trouvaient un prieDieu et deux fauteuils surmontés d'un dais: le dais, l'estrade, le prieDieu, les fauteuils, les carreaux, recouverts d'une tenture de velours violet semée de fleurs de lis d'or et chargée des armes de France et de Navarre.

Sur des bancs installés au bas des marches de l'autel à droite et du côté de l'Épître avaient déjà pris place les archevêques, les évêques, les abbés nommés par les députés de l'assemblée générale du clergé pour assister à la cérémonie.

Sur un banc à gauche de l'autel se voyaient le comte de Morville et le comte de SaintFlorentin qui allaient bientôt être rejoints par les deux autres ministres et secrétaires d'État, le comte de Maurepas et le marquis de Breteuil, retenus par leurs fonctions auprès du Roi.

Le chancelier de France, dans sa robe de velours violet doublé de satin cramoisi, était assis dans son fauteuil à bras et sans dos, entre ses deux huissiers portant la masse, et derrière lui se groupaient les maîtres des requêtes en robe et en bonnet carré.

Un public de seigneurs, d'étrangers, de dames en grand habit, remplissait les tribunes et les amphithéâtres échafaudés dans les arcades des chapelles, et dont les balcons étaient garnis de tapis à fond d'or ou de broderies éclatantes.

Le cortège, parti du grand cabinet du Roi, débouchait dans la chapelle au son des fifres, des tambours et des trompettes.

C'étaient d'abord les hérauts d'armes précédés du marquis de Dreux, grand maître des cérémonies; venaient ensuite les chevaliers de l'Ordre du SaintEsprit, en tête desquels marchaient l'abbé de Pomponne, le marquis de Breteuil, le comte de Maurepas, grands officiers de l'Ordre. Après les chevaliers du SaintEsprit s'avançaient dans des habits trèsmagnifiques, et marchant seuls, le comte de Charolais, le comte de Clermont, le prince de Conti.

Enfin apparaissait le Roi, précédé du marquis de Courtanvaux, capitaine des CentSuisses de la Garde, suivi du duc de Villeroi, capitaine des Gardes du Corps en quartier, et qui avait à sa droite le duc de Mortemart, premier Gentilhomme de la Chambre, et à sa gauche, le duc de la Rochefoucauld, grand maître de la GardeRobe. Louis XV marchait entre le prince Charles de Lorraine, grand écuyer de France, et le commandeur de Beringhen, premier écuyer du Roi, tous deux appelés à donner la main à Sa Majesté. Sur les côtés se tenaient les officiers des Gardes du Corps, et les GardesÉcossais portant leurs cottes d'armes en broderie pardessus leurs habits, la pertuisane à la main. Le Roi avait un habit de brocart d'or, garni de boutons de diamant, et, jeté sur les épaules, un manteau de point d'Espagne d'or.

Suivait la Reine, habillée d'un manteau et d'une robe de velours violet semé de fleurs de lis d'or, avec un corps formant une cuirasse de pierreries, et des agrafes de brillant aux manches. Elle portait sur le haut de la tête une couronne de diamants, fermée par une double fleur de lis. Marie Leczinska était menée par les ducs d'Orléans et de Bourbon; et la queue de son manteau royal, qui avait neuf aunes de long, était portée par la duchesse douairière de Bourbon, par la princesse de Conti, par la princesse de Charolais qui étaient menées à leur tour et avaient leur queue portée par les plus grands noms de la monarchie.

Et c'étaient après la Reine la duchesse d'Orléans, puis mademoiselle de Clermont, et encore des princesses et des dames illustres qui, avec leurs meneurs et leurs porteurs de queue, formaient une procession qui n'en finissait pas, et que terminaient les dames d'honneur des princesses du sang.

Le Roi et la Reine allaient s'agenouiller sous le HautDais; derrière Leurs Majestés, se plaçaient sur l'estrade les princes et princesses du sang.

Alors sortait de la sacristie le cardinal de Rohan, vêtu pontificalement et accompagné de l'évêque de Soissons et de l'évêque de Viviers qui lui servaient de diacre et de sousdiacre d'honneur. Le cardinal montait à l'autel, invitait par le héraut d'armes et le marquis de Dreux, le Roi et la Reine à s'approcher des marches de l'autel, et là leur adressait un discours et leur donnait la bénédiction nuptiale.

La bénédiction donnée, le Roi et la Reine retournaient à leur prieDieu, où le cardinal venait leur apporter l'eau bénite.

La messe commençait. L'évêque de Viviers chantait l'Épître, l'évêque de Soissons chantait l'Évangile, et, après avoir donné le livre à baiser au cardinal, le portait également à baiser au Roi et à la Reine.

Après l'offertoire, et pendant les encensements ordinaires, le roi d'armes allait se placer au pied de l'autel avec un cierge, chargé de vingt louis d'or. Le Roi descendait alors de son prieDieu, se mettait à genoux devant le cardinal assis dans un fauteuil placé dessus un marchepied sur l'escalier de l'autel, baisait la bague de l'Éminence, et lui remettait le cierge tenu par le héraut d'armes.

À la fin du Pater, le Roi et la Reine venaient s'agenouiller sur un drap de pied de velours violet, semé de fleurs de lis, tandis que l'évêque de Metz et l'ancien évêque de Fréjus étendaient audessus des deux mariés un poêle de brocart d'argent, qu'ils tenaient suspendu sur leurs têtes jusqu'à la fin des oraisons accoutumées.

La messe terminée, le cardinal de Rohan prenait des mains du curé de Fontainebleau le registre des mariages, le présentait au Roi et à la Reine auxquels il donnait la plume pour signer. La plume était présentée ensuite par l'abbé de Pezé, aumônier du Roi, aux princes et princesses du sang, pendant qu'au bruit du Te Deum les hérauts d'armes faisaient la distribution des médailles frappées à l'occasion du mariage.

Au retour de la chapelle, le duc de Mortemart, qui, le matin, avait apporté à Marie Leczinska la couronne de diamants qu'elle portait à la cérémonie, lui remettait un coffret de velours cramoisi rempli de bijoux d'or dont elle faisait des présents dans l'après-midi.

Le Roi, du moment où il avait vu Marie Leczinska, laissait éclater les naïfs symptômes du désir amoureux. Il montrait une gaieté inexprimable et comme la satisfaction tapageuse d'un adolescent en bonne fortune.

Le matin du mariage, pendant la toilette de Marie Leczinska, il envoyait, nombre de fois, savoir quand cette toilette, qui durait du reste trois heures, serait finie. Après la célébration de la cérémonie à la chapelle, on le voyait, tout le restant du jour, empressé, attentif, galamment causeur aux côtés de la jeune Reine. Et le soir il attendait, avec une impatience fiévreuse, que sa femme fût couchée.

Sur cette nuit de noce, qu'on nous permette de citer une dépêche du duc de Bourbon au Roi Stanislas, dont les détails, intimes et secrets, doivent être pardonnés comme des détails qui intéressent l'histoire.

«... Je ne répète pas à Votre Majesté la joie et l'empressement que le
Roi a témoignés de l'arrivée de la Reine; tout ce que je puis dire à
Votre Majesté, est que cela a surpassé mes espérances, et, s'il se
pouvait, mes désirs.
«C'est la plus forte peinture que je puisse faire de la manière dont s'est passée l'entrevue. La Reine a charmé le Roi... Le Roi a passé toute la journée d'hier chez la Reine, où il me fit l'honneur de me dire qu'elle lui plaisait infiniment, et Votre Majesté m'en doutera pas, si elle me permet d'entrer dans un détail sur lequel je sais mieux que personne qu'il faut garder le silence, et dont je ne rends compte à Votre Majesté que pour lui prouver que ce n'est point langage de courtisan, quand j'aurai l'honneur de lui dire que la Reine plaît infiniment au Roi. Cette preuve est donc, si Votre Majesté me permet de le lui dire, que le Roi a pris quelques amusements comme comédie et feu d'artifice, s'est allé coucher chez la Reine, et lui a donné pendant la nuit sept preuves de sa tendresse. C'est le Roi luimême qui, dès qu'il s'est levé, a envoyé un homme de sa confiance et de la mienne pour me le dire, et qui, dès que j'ai entré chez lui, me l'a répété luimême, en s'étendant infiniment sur la satisfaction qu'il avait sur la Reine.»

II

Maison de la ReineBrevet de dame d'atours, octroyé à la bellemère de madame de Mailly.Portrait physique de Marie Leczinska.Caractère de la femme.Le jeune homme chez Louis XV.Entrevue du Roi et du duc de Bourbon obtenue par la Reine.Disgrâce de M. le Duc.Lettre de cachet remise par M. de Fréjus à la Reine.Les rancunes du premier ministre contre la Reine.La Reine obligée de lui demander la permission de faire un souper avec ses dames.Maladie de Marie Leczinska et indifférence du Roi.La Reine ne trouvant pas dans son salon un coupeur au lansquenet.Louis XV abandonnant l'intérieur de Marie Leczinska pour la société de jeunes femmes.Mademoiselle de Charolais.Passion qu'elle affiche pour le Roi.Madame la comtesse de Toulouse.La petite cour de Rambouillet.Froideurs des relations du Roi et de la Reine.Les manies de la Reine.Lassitude de son métier d'épouse et de mère.

Au moi de mai précédent avait été montée la maison de la Reine, avaient été choisies les femmes titrées avec lesquelles Marie Leczinska allait être condamnée à passer les longues heures de sa vie dans l'emprisonnement royal du palais de Versailles.

La charge de surintendante de la maison de la Reine et de chef du conseil, d'abord destinée à la jeune princesse de Conti, avait été définitivement donnée à mademoiselle de Clermont, sœur du duc de Bourbon.

Pour la nomination aux autres places, il y avait eu mille brigues, mille intrigues, mille cabales. La grande bataille s'était surtout livrée autour de la charge de la dame d'honneur à laquelle le mérite personnel de la duchesse de SaintSimon semblait devoir l'appeler; mais les inimitiés qu'avait soulevées contre lui le terrible duc et les attaches du mari et de la femme avec la maison d'Orléans faisaient donner l'exclusion à la duchesse. Et en dépit des efforts de M. de Fréjus pour écarter de l'entourage de la Reine les dévergondées de la Régence, le Roi nommait comme dame d'honneur, à cause de ses rares vertus, sa chère et bienaimée cousine, la maréchale, duchesse de Boufflers, cette duchesse, que l'éclat de ses aventures anciennes et présentes et le libertinage connu et avéré des dames sous ses ordres, allait faire surnommer Madame Pataclin, du nom de la supérieure de l'HôpitalGénéral, où l'on enfermait les filles de mauvaise vie.

La dame d'atours était la comtesse de Mailly, dont nous donnons le brevet.

BREVET DE DAME D'ATOURS POUR MADAME LA COMTESSE DE MAILLY.

«Aujourd'hui, may , le Roy, étant à Versailles, a mis en considération l'exactitude et la dignité avec lesquelles la dame comtesse de Mailly a servi en qualité de dame d'atours la dauphine sa mère, et l'empressement que la France témoigne depuis la majorité de Sa

Majesté de se voir assurer, par un prompt mariage, la tranquillité dont elle jouit, ayant déterminé Sa Majesté à faire un choix digne de remplir ses vœux et de former, dès à présent, la maison de la Reine, sa future épouse et compagne, Sa Majesté a cru ne pouvoir mieux choisir pour remplir la charge de dame d'atours, que la mesme personne qui l'a si dignement exercée. À cet effet, Sa Majesté a donné et octroyé à dame AnneMarieFrançoise de SainteHermine, comtesse de Mailly, la charge de dame d'atours de la Reine, sa future épouse et compagne, pour par elle en jouir et user aux honneurs, autorités, privilèges, fonctions, gages, pensions, états, droits, profits, revenus et émoluments y appartenant et qui lui seront ordonnés par les États de la maison de ladite dame Reine, tels et semblables qu'en ont joui les dames d'atours des Reines de France, et ce, tant qu'il plaira à Sa Majesté qui mande et ordonne au trésoriergénéral de la maison de ladite Reine, que lesdits gages, livrées, états et pensions il y ait à payer à ladite dame comtesse de Mailly à l'avenir, par chacun an, aux termes et à la manière accoutumée, sur ses simples quittances, sans que pour raison de ladite charge et de ses dépendances, il soit besoin d'une plus ample expression de la volonté de Sa Majesté ni d'autre expédition que le présent brevet qu'elle a pour assurance de sa volonté...»

Ce brevet est instructif, il nous révèle un fait qu'aucun des contemporains ne semble savoir, c'est que LouiseJulie de Mailly la première maîtresse de Louis XV, n'était pas dame d'atours de Marie Leczinska, à l'époque de son mariage avec Louis XV. Je trouvais bien extraordinaire, avant la découverte de ce brevet, qu'il fût confié à une jeune fille de quinze ans et qui n'était point encore mariée, une charge si importante de la monarchie. Aujourd'hui il n'y a plus de doute, la charge était octroyée à sa future bellemère, qui la lui transmettait à une époque inconnue, peutêtre l'année suivante, année où elle épousait son fils.

Les douze dames du Palais qui, avec mademoiselle de Clermont, la duchesse de Boufflers et la comtesse de Mailly, complétaient la maison de la Reine, étaient madame de Prie, madame de Nesle, dont les galanteries étaient publiques avec du Mesnil, la maréchale de Villars, les duchesses de Tallard de Béthune, d'Épernon, enfin les dames de Gontaut, d'Egmont, de Rupelmonde de Matignon, de Chalais, de Mérode, toutes dames aux réputations douteuses et écornées.

Parmi les hommes de sa maison, Marie Leczinska avait comme grand aumônier M. de Fréjus, qui allait bientôt devenir son plus intime ennemi.

Puis, audessous de ces hauts dignitaires, venait tout ce monde que groupait autour d'une personne royale les mille domesticités, les mille services particuliers et spéciaux de la monarchie d'alors.

Il y avait d'abord une première femme de chambre et douze femmes de chambre ordinaires. C'étaient les médecins, premier médecin, médecin ordinaire, médecins par quartier;l'apothicaire du corps, l'apothicaire du commun;les pannetiers, les verduriers, les maîtresqueux, les hâteurs, les galopins ordinaires, les enfants de cuisine, les lavandiers;les gardevaisselle; les capitaines des charrois; les valets de la garderobe, les valets de pied pour le carrosse, etc.;le marchand poêlier quincaillier;le baigneurétuviste;le portemanteau ordinaire;le portechaise d'affaires;le muletier de la litière;le chauffecire pour cacheter les lettres.

Et ne croyez pas que le dénombrement de tant de fonctions et d'attributions soit complet dans les cent pages que contient l'état manuscrit de la maison de Marie Leczinska: nous trouvons dans le service des pensions qui se fait après la mort de la Reine, une pension pour l'homme qui préparait le café de la Reine, une pension pour la demoiselle chargée du nettoyage des porcelaines du cabinet de la Reine, une pension pour le luthier qui prenait soin des vielles de la Reine.

Marie Leczinska, dans les nombreux portraits qui la représentent, n'a point le visage noble que réclamait alors le cadre de Versailles, mais la princesse polonaise a cette gracieuse mine que célèbrent ses familiers et dont parle une lettre de Voltaire. C'est une aimable figure bourgeoise qui est comme l'image de la bonté dans son expression humaine, dans son enjouement heureux. Elle dit, cette bienveillante et gaie figure, sous son air, un rien vieillot, la bonne humeur des vertus de la femme. Car celle qui redoutait de perdre la couronne du ciel en acceptant la couronne de France ne porte rien sur sa figure du sérieux ou du soucieux de la dévotion.

Une expression de santé et de satisfaction, la sérénité de la conscience, le contentement et la patience de la vie rayonnent sur ces traits éclairés d'une douce malice, et dont le sourire est comme un reflet de ces libertés innocentes, de cet esprit gaulois avec lequel, de temps en temps, la Reine s'amusait à faire courir un gros rire parmi ses dames, sa Semaine Sainte, ainsi que les appelait la cour.

La Reine, sauf quelques vivacités qui la rendaient la plus malheureuse femme du monde et la faisaient aussitôt chercher le moyen de se faire pardonner, avait le caractère le plus heureux, le plus facile et le plus sociable. Elle était pleine de saillies, de reparties amusantes, d'observations gaiement spirituelles, et ne redoutait pas le ton de la galanterie, de la gaillardise même, quand la gaillardise était sauvée par les grâces du conteur. Qui ne connaît, à ce sujet, l'anecdote dont M. de Tressan fut le héros?

On parlait devant la Reine des houssards qui faisaient des courses dans les provinces et approchaient de Versailles.

Là Reine de dire: «Mais si je rencontrais une troupe, et que ma garde me défendît mal?

Madame, laissa échapper quelqu'un, Votre Majesté courrait grand risque d'être houssardée.

Et vous, M. de Tressan, que feriezvous?

Je défendrais Votre Majesté au péril de ma vie.

Mais si vos efforts étaient inutiles?

Madame, il m'arriverait comme au chien qui défend le dîner de son maître, après l'avoir défendu de son mieux, il se laisse tenter d'en manger comme les autres.»

Et la Reine de ne pas se fâcher et de presque sourire au hardi propos de
M. de Tressan.
Malheureusement les agréments de la Reine étaient timides, comme ses vertus étaient pudiques, presque honteuses. La femme, l'épouse ne se révélait sous la chrétienne, ne montrait les charmes de son esprit et de son cœur, tous les secrets de son amabilité que dans la familiarité de quelques amis, dans une petite société qui ne lui imposait pas. Il lui fallait, pour qu'elle fût encouragée à plaire, pour qu'elle entrât en pleine possession d'ellemême, le calme d'un salon, où l'âge amortissait le bruit des voix, la compagnie de la raison, l'intimité de la vieillesse, un milieu de tranquillité, presque d'assoupissement, qui convenait à la maturité de son intelligence et de ses goûts. Voilà où trouvait l'aisance et la liberté une Reine dont l'esprit eut toujours, comme le visage, l'âge d'une vieille femme. Aussi Louis XV, dont Marie Leczinska avait une affreuse peur, ne connut jamais la femme que connurent les de Luynes. Il ne vit dans Marie Leczinska qu'une pauvre peintresse qui n'avait aucune disposition pour la peinture, une médiocre et ennuyeuse joueuse de vielle, une liseuse de livres sérieux qu'elle ne comprenait pas, une étroite dévote, enfin une provinciale princesse écrasée de la présence et de la grandeur d'un Roi de France, n'apportant à la vie commune rien du ressort et de l'initiative plaisante de la femme, ne mettant dans l'union que l'obéissance, dans le mariage que le devoir, ne sachant de son sexe ni les caresses, ni les coquetteries, tremblante et balbutiante dans son rôle de Reine, comme une vieille fille de couvent égarée dans Versailles; groupant autour d'elle toutes les têtes chauves de la cour, rassemblant l'ennui dans ce coin du palais, plein d'un murmure de voix cassées, où rien de jeune ne vivait, où rien de vivant ne parlait aux jeunes ans du Roi.

Un singulier homme, ce jeune mari, ce jeune souverain que, hors la chasse et les chiens, rien n'intéressait, n'amusait, ne fixait, et dont le cardinal promenait vainement l'esprit d'un goût à un autre, de la culture des laitues à la collection d'antiques du maréchal d'Estrées, du travail du tour aux minuties de l'étiquette, et du tour à la tapisserie, sans pouvoir attacher son âme à quelque chose, sans pouvoir donner à sa pensée et à son temps un emploi. Imaginez un Roi de France, l'héritier de la Régence, tout glacé et tout enveloppé des ombres et des soupçons d'un Escurial, un jeune homme à la fleur de sa vie et dans l'aube de son règne, ennuyé, las, dégoûté, et au milieu de toutes les vieillesses de son cœur traversé de peurs de l'enfer qu'avouait par échappées sa parole alarmée et tremblante. Sans amitiés, sans préférences, sans chaleur, sans passion, indifférent à tout, et ne faisant acte de pouvoir, et d'un pouvoir jaloux que dans la liste des invités de ses soupers, Louis XV apparaissait dans le fond des petits appartements de Versailles comme un grand et maussade et triste enfant, avec quelque chose dans l'esprit de sec, de méchant, de sarcastique qui était comme la vengeance des malaises de son humeur. Un sentiment de vide, de solitude, un grand embarras de la volonté et de la liberté joint à des besoins physiques impérieux et dont l'emportement rappelait les premiers Bourbons: c'est là Louis XV à vingt ans; c'est là le souverain en lequel existait une vague aspiration au plaisir, et le désir et l'attente inquiète de la domination d'une femme passionnée ou intelligente ou amusante. Il appelait, sans se l'avouer à luimême, une liaison qui l'enlevât à la persistance de ses tristesses, à la monotonie de ses ennuis, à la paresse de ses caprices, qui réveillât et étourdît sa vie, en lui apportant les violences de la passion ou le tapage de la gaieté. L'oubli de son personnage de Roi, la délivrance de luimême, toutes choses que ne lui donnait pas la Reine; voilà ce que Louis XV demandait à l'adultère, voilà ce que toute sa vie il devait y chercher.

Pendant les premiers mois qui suivaient le mariage, il n'était toutefois question que des empressements, des assiduités amoureuses, des coucheries régulières et quotidiennes du Roi avec la Reine.

Louis XV comparait Marie Leczinska à la Reine Blanche, mère de saint Louis, et disait aux courtisans qui voulaient lui faire admirer quelque femme de la cour: «Je trouve la Reine encore plus belle.» Mais un an ne s'était pas écoulé qu'un évènement politique apportait une grande froideur dans les relations entre les deux époux.

Marie Leczinska, naturellement pleine de reconnaissance pour le duc de Bourbon qui l'avait faite Reine de France, avait été en outre gagnée par les prévenances et les caresses de madame de Prie, qui, entrant à tout moment dans ses appartements pour surveiller ses actions, inspirant ses actions, dictant ses lettres, était devenue maîtresse absolue de la faible et timide princesse qui ne faisait qu'exécuter et contresigner les ordres de la favorite du Duc. La Reine essayait bien un peu de résister, sentant dans tout ce que le Duc et sa maîtresse la poussaient à faire, qu'elle était entre leurs mains un moyen et un instrument pour ruiner le crédit de M. de Fréjus. Et malgré la dissimulation du Roi, Marie Leczinska n'était déjà pas sans savoir que Louis XV n'aimait pas M. le Duc, avait une antipathie des plus prononcées contre madame de Prie, était sous la complète domination de son précepteur. C'étaient donc continuellement des scènes, où la Reine était accusée d'ingratitude par le Duc, et où la Reine pleurait. Enfin il arrivait un jour où le duc de Bourbon imposait à la malheureuse princesse de lui avoir un entretien particulier avec le Roi. Sous un prétexte Louis XV était amené chez la Reine. Marie Leczinska voulait se retirer, mais le duc de Bourbon la forçait de rester, d'assister à l'entretien. Alors le Duc commençait à lire une lettre de Rome, une lettre du cardinal de Polignac qui était un réquisitoire en règle contre M. de Fréjus. Le Roi écoutait cette lecture avec ennui. À la lettre, le Duc voulait ajouter des faits. Le Roi donnait des signes d'impatience. Le Duc, s'apercevant du mécontentement du Roi, lui demandait s'il lui avait déplu?Oui.S'il n'avait pas de bonté pour lui?Non.Si M. de Fréjus avait seul sa confiance?Oui. Et le Roi, repoussant le Duc qui s'était jeté à genoux à ses pieds, sortait plein de colère contre sa femme qui l'avait attiré dans ce piège.

Sur ces entrefaites, M. de Fréjus, qui s'était présenté chez le Roi et avait trouvé la porte fermée par l'ordre de M. le Duc, s'était retiré à Issy, tandis que le Roi, dans la dernière exaspération, s'était enfermé chez lui sans vouloir parler à personne... M. le duc de Mortemart, prenant parti contre la maison de Condé, se faisait donner un ordre qui enjoignait au duc de Bourbon d'envoyer chercher M. de Fréjus, et le lendemain le précepteur du Roi reparaissait triomphant à la cour.

Dès lors la chute de M. le Duc n'était plus qu'une question de temps. M. de Fréjus maintenu sous main par M. le duc d'Orléans, M. le prince de Conti, M. le duc du Maine, le maréchal de Villars, avait encore pour lui, dans le moment, les Noailles et la comtesse de Toulouse, qui, dans les petits et fréquents séjours que Louis XV commençait à faire chez elle, commençait à prendre une sérieuse influence sur l'esprit du jeune Roi. Dans un conseil tenu à Rambouillet, où depuis quelque temps se rendaient directement les courriers d'Allemagne, d'Espagne, de Savoie, le renvoi du Duc était arrêté, et, le juin , le duc de Bourbon recevait inopinément une lettre de cachet qui lui ordonnait de se rendre à Chantilly et lui défendait de voir la Reine. Madame de Prie était exilée dans sa terre de Normandie.

Cette disgrâce du duc de Bourbon et de madame de Prie était suivie d'une espèce d'abandon fait par le Roi de sa femme aux haines de M. de Fréjus. Il la mettait pour ainsi dire à sa discrétion dans cette dure lettre de cachet dont le futur premier ministre était porteur: «Je vous prie, Madame, et s'il le faut, je vous l'ordonne, de faire tout ce que l'évêque de Fréjus vous dira de ma part, comme si c'était moimême. Signé: LOUIS.»

De ce jour, les rancunes du vieil homme d'Église, munies des pleins pouvoirs du Roi, travaillent à annihiler la Reine et l'épouse par le retrait de toute influence dans la distribution des grâces, par l'absence de toute autorité dans le gouvernement de sa maison, par la privation d'argent même, enfin par une succession d'humiliations voulues et cherchées: petites et mesquines vengeances que ne pourront désarmer et lasser la résignation et la dépendance de la pauvre Reine. Les charités de la Reine l'aurontelles laissé sans un écu, Fleury ordonnera à Orry de lui faire porter cent louis, ce que le contrôleurgénéral déclare donner à son fils quand il est désargenté. La Reine de France veutelle faire un souper avec ses dames à Trianon ou ailleurs, il faut qu'elle en demande la permission à Fleury, et Fleury se donne presque toujours le plaisir de refuser, alléguant que cela coûterait quelque extraordinaire.

Deux mois après la chute du duc de Bourbon, au mois d'août , Marie Leczinska tombait malade, et si gravement, qu'elle recevait les sacrements. Le Roi montrait une grande indifférence pendant sa maladie, et le septembre, le jour où, complètement rétablie, elle arrivait retrouver le Roi à Fontainebleau, Louis XV au lieu d'aller à sa rencontre, partait pour la chasse, prenait deux cerfs et ne rentrait qu'à neuf heures du soir au château.

Ces dédains du Roi, ces mépris visibles, ce manque d'égards, tuaient peu à peu le respect autour de la Reine qui était traitée par les courtisans comme une princesse sans conséquence. Le marquis d'Argenson nous la montre à Versailles, abandonnée de ses dames du Palais, ne trouvant pas même de coupeur parmi les seigneurs de la cour quand, le dimanche, il lui plaisait de jouer au lansquenet. Et nous la voyons dans ses appartements désertés, se promenant, la pauvre Reine, à la recherche de ce coupeur, et toute désolée de ne le point trouver, se plaindre en ces douces et tristes paroles: «Eh bien, on prétend que je ne veux pas jouer au lansquenet, ni commencer de bonne heure. Vous voyez qu'il fait bon de dire que je ne veux pas, mais qu'on ne veut pas.»

Toutes ces humiliations qui rendaient la Reine chagrine, boudeuse et pleureuse, la faisaient peu propre à garder et à retenir le Roi près d'elle, et poussaient le jeune mari dans la société de femmes jeunes et gaies, dont mademoiselle de Charolais amenait et menait la troupe.

On eût cru voir un gamin, presque un polisson, dans cette princesse de la maison de Condé qui devait toute sa vie garder son joli visage de seize ans et ses yeux si vifs, qu'ils se reconnaissaient sous le masque, dans cette aimable enfant terrible, comme il y en eut toujours dans les splendeurs ou les tristesses de Versailles, et dont le rôle semble être de déranger l'étiquette ou de dérider la Gloire.

Les vers, les chansons, les saillies, mademoiselle de Charolais employait tous les dons et toutes les impudences d'un esprit de malice, et cela avec la liberté d'un garçon, pour chasser les froideurs et le sérieux de la cour, y appeler l'amusement et les familiarités, improviser les divertissements, animer les soupers, et semer comme une Folie effrontée et charmante les extravagances, les refrains et les imbroglios de carnaval autour du trône, et à côté des affaires d'État.

Encore mieux faite pour entraîner que pour plaire, mêlant toutes sortes de caractères, la verve des Mortemart à la hauteur des Condé, relevant les audaces et les inconvenances de sa grâce par un certain air princesse qui sauvait presque tout, capricieuse, fantasque, vaporeuse, tourmentée à l'excès d'humeurs noires dont elle se tirait par une plaisanterie, une échappée hasardeuse, quelque tour de page, mademoiselle de Charolais devait surprendre, par les contradictions de sa nature, un jeune mari lassé par l'immuable sérénité de sa femme.

La princesse était de toutes les entreprises hardies et tapageuses; elle était de ces caravanes nocturnes, où le Roi, qui commençait à battre le pavé, affrontait, dans les rues de Versailles, l'hôtesse du ChevalRouge, pendant qu'avec des paroles facétieuses et libertines, mademoiselle de Charolais cherchait à calmer la belle insultée qui criait: «Au voleur! à l'assassin!»

Mademoiselle de Charolais, qui depuis l'âge de quinze ans avait eu des amants sans compter, et faisait un enfant presque régulièrement chaque année, regardant cela comme un accident naturel à son état de grande fille et de princesse, affichait dans le moment une passion pour le Roi, trouvant piquant de le débaucher la première, le poussant à l'adultère par mille coquetteries, finalement lui mettant ces vers dans une poche:

> Vous avez l'humeur sauvage
> Et le regard séduisant;
> Se pourroitil qu'à votre âge
> Vous fussiez indifférent?
> Si l'amour veut vous instruire,
> Cédez, ne disputez rien;
> On a fondé votre empire
> Bien longtemps après le sien.

Mais le Roi, en sa timidité, échappait aux avances qui amusaient et effrayaient à la fois ses désirs, tant le jeune souverain était encore plein des contes à faire peur du vieux Fleury sur les femmes de la Régence.

Une autre femme intimidait moins le jeune Roi que cette endiablée princesse de Charolais: c'était la comtesse de Toulouse.

La comtesse de Toulouse était une belle et puissante créature, aux yeux brunfoncé, au regard assuré et plein de dignité, au sourire paisible et doux, dont le visage sans rouge et toute la personne montraient la tranquillité sereine et l'aimable recueillement d'un bel air dévotieux. Le salon de madame de Toulouse était la petite cour de Rambouillet, un refuge mondain pendant la brutale Régence de la galanterie passée, le souvenir et le reste de la cour de Louis XIV. Là les anciennes vertus des nobles compagnies, les beaux usages, les manières décentes et polies, le respect de la femme, la retenue du ton, les traditions des habitudes sociales vivaient encore dans l'aisance de l'enjouement, dans l'animation et la gaieté d'un nombre restreint de gens choisis, dans l'heureuse paix et les douceurs épicuriennes d'un petit monde dévot, jouissant à petit bruit de la vie. Mademoiselle de Charolais ellemême cédait au génie du lieu en entrant chez madame de Toulouse, elle n'y était plus qu'une princesse rieuse, un lutin apportant la vie des plaisirs délicats et des élégants passetemps à cette cour d'harmonies, de nuances, de murmures, de suaves paroles, de galanteries discrètes, sur laquelle planait encore une ombre de grandeur et de magnificence qu'on ne trouvait que là. Involontairement le jeune souverain comparait à cette cour la cour bourgeoise et morne de la Reine de France; et l'amour s'éveillait en lui, un amour tout ému de scrupules religieux, mais qui se laissait peu à peu aller à la séduction mystique de cette belle et grasse dévote, que touchaient et troublaient l'hommage agenouillé et l'adoration platonique de ce Roi, alors le plus bel homme de son royaume.

Au milieu de ces distractions et de ces tentations qui n'étaient encore pour le Roi que l'éveil et l'apprentissage du libertinage, le goût du Roi pour la Reine, ce goût si vif aux premiers jours de leur union, allait diminuant et se perdant avec le temps comme toute passion physique.

Les relations du ménage avaient toujours un ton sérieux; elles prenaient, à partir de l'événement du mois de juin , un air d'embarras. Cette absence d'abandon, ce manque d'effusion et d'épanchement réciproque que les valets avaient surpris dans les entretiens les plus intimes du Roi et de la Reine, augmentaient chaque jour. Les froideurs du Roi devenaient plus grandes. La Reine pleurait, cachait mal ses larmes; et la cour se réjouissait de voir au Roi cette épouse sans attraits et sans coquetterie qui devait si mal garder son mari et si peu gêner les intrigues. En effet, Marie Leczinska n'était point une de ces femmes savantes dans l'art de reconquérir leur bonheur avec les séductions permises du mariage, elle ne cherchait pas à ramener ce cœur qui lui échappait, et se détachait sans combat et sans murmure de l'amour du Roi. Elle s'enfermait et se réfugiait dans sa tristesse, elle s'armait de résignation, elle mettait comme une coquetterie à se vieillir et se vieillissait de gaieté de cœur, elle ôtait de sa toilette toutes les parures d'une jeune femme, s'enfonçait dans les lectures spirituelles, s'entourait de sévères compagnies.

Dans ce ménage où la séparation commençait, les riens, même les plus petites et les plus pardonnables manies venaient encore mettre la contrariété et l'éloignement. La Reine agaçait les nerfs de ce Roi nerveux par mille enfantillages, par la peur des esprits, par le besoin d'être bercée, rassurée et endormie par des contes et d'avoir toujours à sa portée une femme dont elle pût tenir la main en ses folles terreurs; puis encore par cent sauts et cent courses, la nuit, dans sa chambre, à la recherche de sa chienne. Ou bien c'était le matelas mis sur elle par cette princesse frileuse qui étouffait le Roi, et le chassait du lit de sa femme.

Enfin, après le labeur de tant d'enfantements, cette épouse qui était accouchée le avril de deux filles, le juillet d'une troisième fille, le septembre d'un dauphin, le août d'un duc d'Anjou, le mars d'une quatrième fille, cette épouse qui se sentait encore enceinte, lasse de son métier de mère pondeuse, recevait les embrassements de son mari, avec les répugnances d'une femme qui répétait toute la journée: «Eh quoi! toujours coucher, toujours grosse et toujours accoucher!»

III

L'attente universelle de l'infidélité du Roi.L'ŒildeBœuf et l'antichambre.Les alarmes de Fleury d'un retour d'influence de la Reine.Les suppositions des courtisans.La santé du Roi à l'Inconnue.Le devoir refusé par la Reine au Roi.Bachelier écartant le capuchon de madame de Mailly.Son portrait physique.L'ancienneté de la famille des de NesleMailly.Le contrat de mariage de LouiseJulie de MaillyNesle avec son cousin germain.Sa liaison avec le marquis de Puisieux.Ses relations secrètes avec le Roi depuis .Souper du Roi chez madame de Mailly à Compiègne le juillet .La facile et commode maîtresse qu'était madame de Mailly.Les soupers des petits appartements.Tempérament atrabilaire de Louis XV.

La cour, de l'ŒildeBœuf à l'antichambre, les jeunes femmes, les jeunes gens, les politiques, la haute domesticité, l'intrigue, l'ambition, toutes les passions d'un monde qui se lève et se couche sur l'intérêt, épiaient aux portes les froideurs du ménage, et, calculant le dénoûment des derniers liens entre le Roi et la Reine, pressaient de leurs vœux l'avènement d'une maîtresse qui devait amener une révolution à Versailles, changer le cours des grâces et renouveler le gouvernement.

Tout ce qui était hostile au cardinal de Fleury, tous ceux que contrariait l'économie du vieux ministre, tous ceux que condamnait au repos et à l'obscurité la politique bourgeoise de l'homme d'État de la paix, les avidités des valets contenues et rognées, aussi bien que les impatiences des hommes à projets barrés dans leur carrière et dans leur avenir, sans théâtre, sans champ de bataille où déployer leur imagination ou tenter la fortune, saluaient de leurs espérances l'adultère du Roi.

Les tentations, les intrigues de la galanterie avaient la complicité et l'aide des Gesvres, des d'Épernon, des Richelieu. Humiliés du mauvais succès de leur conspiration des Marmousets, brûlants et travaillés de rancunes dont le ministre disgracié Chauvelin prenait en sousmain la conduite et le commandement secret, ils remplissaient de moqueries l'esprit du Roi, et par toutes les armes de l'esprit, le ridicule et l'ironie plaisante, la facilité des mœurs et l'exemple du plaisir, ils attaquaient les leçons et l'autorité du vieux prêtre au fond de son pupille.

La séduction du Roi par une femme convenait aux agitations, à la furie de grandes choses, à l'activité brouillonne de ce demigénie, le maréchal de BelleIsle, qui voyait seulement là, dans l'appui d'une maîtresse, flattée d'être associée à sa gloire, la réalisation de plans qui effrayaient à la fois et la sagesse de Fleury et la timidité du jeune Roi.

Puis c'était le ménage du frère et de la sœur Tencin, dont le rôle dissimulé était déjà si grand, si effectif, et qui voyait au bout de la liaison, au fond de l'affaire de cœur, le maniement de la volonté du Roi, la conduite de sa faveur, les facilités des approches de sa personne et de son pouvoir; toutes les suites d'une faiblesse qui permet et semble légitimer toutes les fortunes. Tant de vœux étaient appuyés, ils étaient servis par les femmes se piquant de dévotion et d'ultramontanisme, madame d'Armagnac, madame de Villars, madame de Gontaut, madame de SaintFlorentin, madame de Mazarin; par les molinistes zélés, et encore par la maison de Noailles, toute prête à une élévation de Tencin, en haine de Chauvelin, dont les Noailles jalousaient et craignaient la supériorité, s'il venait à recueillir la succession du cardinal.

Enfin, tout au bas de la cour, mais tout auprès du Roi, veillait et travaillait une influence occulte encore, mais déjà puissante. Les valets de chambre, réduits et maintenus dans leur rôle secondaire par la sagesse de Louis XV, sans autres fonctions que leurs devoirs domestiques dans une cour où le Roi n'appartenait qu'à sa femme, attendaient d'une cour dissipée et galante, d'un Roi échappé de son ménage et descendu au besoin de leur discrétion, à la nécessité de leurs complaisances, les profits complets de leur place.

Chose singulière! ces dispositions tournées au fond, dans toutes les têtes sérieuses, vers le renversement du ministère et du ministre, rencontraient, je ne veux point dire l'appui, mais presque l'acquiescement du cardinal, sous la condition d'être consulté dans le choix, et d'être assuré de la neutralité de la personne choisie. De vieux griefs contre la Reine n'étaient point encore morts chez le cardinal; il se rappelait encore avec amertume une tentative de Marie Leczinska pour faire rentrer M. le Duc en grâce auprès du Roi, sa reconnaissance envers les hommes qui l'avaient mise sur le trône, et il voyait dans une maîtresse un préservatif et une garantie contre un retour d'influence de la Reine, mettant à profit un jour de dévotion du Roi pour reprendre son mari. C'est ainsi que tous, ceuxlà même que la conspiration menaçait, conspiraient pour l'infidélité du Roi.

Et ce n'était pas seulement à Versailles, c'était, ce qu'on n'a pas dit, c'était son peuple même qui entourait le jeune Roi de sa complicité, lui souriait, l'encourageait, comme si, habituée par la race des Bourbons à la jolie gloire de la galanterie, la France ne pouvait comprendre un jeune souverain sans une Gabrielle, comme si, dans les amours de ses maîtres, elle trouvait une flatterie et une satisfaction de son orgueil national!

Chaque jour le murmure et la promesse de la bonne nouvelle sortaient de toutes ces espérances, de toutes ces passions, de cette universelle attente, impatientes de compromettre le Roi, et résolues à préparer et à précipiter ses amours en les annonçant d'avance. La cour prononçait les noms de la comtesse de Toulouse, de mademoiselle de Charolais. Les suppositions couraient et s'abattaient çà et là, et jusque sur les dames de la Reine, exposées de si près aux désirs du Roi, et dont quelquesunes avaient les mœurs et les facilités du temps. La Reine, cette sainte, n'avaitelle point été forcée de se résigner à cette dame d'honneur, la maréchale de Boufflers, si affichée, à cette dame d'atours, madame de Mailly, à qui l'on prêtait une liaison avec M. de Puisieux? Et n'y avaitil pas encore, parmi les douze dames de son palais, madame de Nesle, madame de Gontaut, la maréchale de Villars, les duchesses de Tallard, de Béthune, d'Épernon, les dames d'Egmont de Chalais, toutes dames méritant l'honneur du soupçon et l'envie de la cour?

Bientôt on parlait vaguement d'un toast du jeune souverain; et les gens au courant, les jeunes courtisans entrés au plus intime de la familiarité et de l'habitude du Roi, racontaient tout bas un souper de la Muette, où le Roi, après avoir bu à la santé de l'Inconnue, avait cassé son verre et invité sa table, et celle que présidait le duc de Retz, à lui faire raison. Ç'avait été une grande curiosité de connaître l'Inconnue; les voix des deux tables s'étaient partagées entre madame la Duchesse la jeune mademoiselle de Beaujolais et madame de Lauraguais, petitefille de Lassay et bellefille de M. le duc de VillarsBrancas. Mais le Roi avait gardé le silence et son secret.

Un ministre était un peu plus savant que tout le monde. Dans ses promenades matinales à cheval au bois de Boulogne, il avait remarqué la trace toute fraîche des roues d'une voiture allant, à travers des allées toujours fermées de barrières, de Madrid, résidence de mademoiselle de Charolais, à la Muette. Mais ses suppositions se perdaient sur toutes les femmes de la société de mademoiselle de Charolais, et l'Inconnue restait l'inconnue pour le ministre comme pour les courtisans, dont quelquesuns avaient cependant observé qu'on ne pouvait prononcer devant le Roi le nom de madame de Mailly sans qu'il rougît. Au milieu de ce mystère, le Roi, sorti de sa mélancolie, avec l'air et le rajeunissement d'un homme heureux de vivre, pris tout à coup d'une soif de plaisirs et s'empressant aux distractions, promenait et occupait l'activité d'une fièvre heureuse çà et là; et courant, et se répandant, il partageait les haltes de ses journées entre Rambouillet, où se tenait la comtesse de Toulouse, Bagatelle, où demeurait la maréchale d'Estrées, Madrid, où vivait mademoiselle de Charolais, douces retraites, palais charmants, petites cours de galanterie, de piquantes tendresses et de joli esprit, qui semblaient mettre sur le chemin du Roi les étapes et les stations enchantées d'un Décaméron français. Un jour, c'était Paris et le bal de l'Opéra que le jeune Roi étonnait de sa présence, de son entrain, d'une gaieté d'enfant; ou encore, infatigable, éclatant d'un esprit que la cour ne lui connaissait pas, il se jetait à des soupers, dont il entraînait et prolongeait jusque bien avant dans la nuit le bruit et la folie. De là, assez animé, il rentrait chez la Reine, qui lui témoignait ses répugnances et son horreur pour l'ivresse du vin de Champagne et son odeur, et finissait par allonger ses prières jusqu'à ce que le Roi fût endormi.

Un soir enfin arriva ce que toute la cour prévoyait et attendait. Bachelier, le valet de chambre du Roi, ayant été prévenir la Reine que le Roi allait se rendre chez elle, la Reine répondit qu'elle était désespérée de ne pouvoir recevoir Sa Majesté; à deux nouvelles demandes du Roi, Bachelier rapportait la même réponse; et de l'indignation, de la colère du Roi, partagées et enflammées par le valet de chambre, sortait l'engagement désiré par Bachelier: le Roi déclarait «qu'il ne demanderait plus jamais le devoir à la Reine.» Le jour suivant la cabale enhardie risquait tout: comme madame de Mailly se glissait en secret dans les petits appartements pour y passer la nuit, Bachelier, qui la conduisait, entr'ouvrant comme par mégarde son capuchon, la laissait voir à deux dames.

Madame de Mailly était en une femme de trente ans, dont les beaux yeux, noirs jusqu'à la dureté, ne gardaient, aux moments d'attendrissement et de passion, qu'un éclair de hardiesse fait pour encourager les timidités de l'amour. Tout, dans sa physionomie, dans l'ovale maigre de sa figure brune, avait ce charme irritant et sensuel qui parle aux jeunes gens. C'était une de ces beautés provocatrices, fardées de pourpre, les sourcils forts, dont l'éclat semble un rayon de soleil couchant, une de ces femmes dont les peintres de la Régence nous ont laissé le type dans tous leurs portraits de femme, la gaze à la gorge et l'étoile au front, qui, la joue allumée, le sang fouetté, les yeux brillants et grands comme des yeux de Junon, le port hardi, la toilette libre, s'avancent du passé, avec des grâces effrontées et superbes, comme les divinités d'une bacchanale. Ajoutez que madame de Mailly était inimitable pour porter sa beauté, et la faire valoir. Nulle femme à la cour ne savait si bien arranger les modes à sa tournure, ni chiffonner d'une main plus heureuse les demivoiles qui prêtaient à ces déshabillés mythologiques le piquant de la pudeur.

Ce goût, ce soin et ce culte d'une opulente toilette suivaient madame de Mailly jusque dans la nuit. Elle ne se couchait jamais sans être coiffée et parée de tous ses diamants. C'était sa plus grande coquetterie, et l'heure de sa séduction était le matin, alors que, dans son lit, battant l'oreiller de ses beaux cheveux défrisés par le sommeil et pleins d'éclairs de diamants, elle donnait audience à ses marchands, à ses petits chats, comme elle les appelait. Ainsi, au milieu des parures, des deux ou trois millions de bijoux que Lemagnan faisait scintiller sous ses yeux, des plus riches étoffes étalées devant elle, et qui s'amassaient au pied de son lit, elle rappelait ces levers de femme, de l'école vénitienne dans le déploiement et le rayonnement des brocarts et des bijoux, dans la lumière d'une Tentation versant ses coffrets et ses écrins, aux pieds de la dormeuse qui s'éveille.

Le visage de madame de Mailly disait toute la femme. Ardente, passionnée, toute heureuse et toute fière de faire, à ses dernières années d'amour, la conquête de ce Roi de France «beau comme l'amour,» elle avait dû se montrer prête et résolue à toutes les avances, à toutes les facilités, à ces entreprises même et à ces violences de séduction dont Soulavie révèle les honteux détails. Mais aussi elle devait être susceptible de tous les attachements, de tous les dévouements et de tous les sacrifices qu'inspire à une femme de cet âge et de ce caractère une liaison avec un homme de son âge, avec un jeune homme. Et il se trouvait, par un contraste étrange, que, sous sa rude voix, ses apparences de bacchante, la hardiesse d'un amour qui avait presque violé le Roi, madame de Mailly cachait les qualités tendres et douces d'un cœur aimant, les sentimentalités d'une la Vallière.

Les de Mailly étaient une vieille et illustre famille militaire. Ils remontaient, dans le milieu du XIe siècle, à Anselme de Mailly, tuteur du comte de Flandre et gouverneur de ses États, tué au siège de Lille: belle fin, qui semblait un apanage de cette noble race, dont le dernier mort avait péri en , à l'âge de trentesix ans, au siège de Philisbourg. Puis, sous la Régence, on avait vu se perdre dans le libertinage et rouler dans le scandale l'héritier de ce grand nom, et le reste de cette vaillante famille, qui, sous les trois maillets des portes de ses hôtels, écrivait superbement: Hogne qui voudra. Le dernier descendant, Louis III de Nesle, qui ne marque dans l'histoire que pour avoir étonné le czar, lors de son passage à Paris, par la variété de ses habits, Louis de Nesle avait, avec sa femme, mademoiselle de la PorteMazarin, affiché toutes les hontes, tous les désordres et tous les abaissements qui semblaient traîner une glorieuse famille dans la boue où se perdent et finissent les races épuisées et les grands fleuves las.

Le marquis de Nesle, le père de toutes ces demoiselles de Nesle aimées par Louis XV, vivait «à pot et à rot» avec les comédiens et les comédiennes. Amant de mademoiselle de Seine, lors de sa querelle avec la Balicourt, il prenait une part si vive au différend que, dans la lettre prêtée par les rieurs à l'actrice, elle disait avoir été empêchée d'envoyer au duc de Gesvres «la fleur des héros du royaume», ses créanciers ne lui laissant la liberté de sortir que le dimanche.

Et la lettre écrite de ... en Flandre, à Messieurs de l'Académie Françoise par mademoiselle de Seine comédienne du Roi, disait vrai, au moins pour les créanciers. Le marquis, jouissant de , livres de rente, avait vu appréhender ses biens libres et une partie de ses biens substitués, à la requête de Philippe Doremus, bourgeois de Paris. Puis, bientôt les , livres de rente échappées à ses créanciers étaient saisies et l'on s'emparait de l'universalité de ses biens saisis et non saisis. Aux abois, le marquis de Nesle se débattait dans la misère et les expédients désespérés, au milieu des huées du public et de l'ironie des nouvelles à la main qui annonçaient un jour: «Monsieur le marquis de Nesle est enfin parvenu à ne plus vivre à l'auberge, ou pour mieux dire, son crédit étant absolument épuisé, il a été obligé de faire faire son pot au feu chez lui, et, pour cet effet, a acheté de la vaisselle de terre.»

La fille aînée du marquis de Nesle, LouiseJulie de MaillyNesle, née le mars , l'année où est né Louis XV, avait été mariée le mai à Louis, comte de Mailly, seigneur de Rubempré, son cousin germain.

Et voici le contrat de mariage que j'ai eu la bonne fortune de découvrir aux Archives nationales, contrat entre le trèshaut et trèspuissant seigneur comte de Mailly, capitainelieutenant des Gendarmes Écossais, et la haute et puissante Damoiselle LouiseJulie de Mailly:

FURENT PRÉSENS TRÈSHAULT et trespuissant seigneur, Monseigneur Louis, comte de Mailly, chevalier Seigneur de Rieux, Rubempré, Brutelle, Lamothe Manneville et autres lieux, capitainelieutenant des Gendarmes Écossois du Roy, commandant la Gendarmerie de France, fils de deffunt trèshaut et trèspuissant Seigneur, Monseigneur Louis, comte de Mailly, seigneur desdits lieux, maréchal des camps et armées du Roy, et de trèshaulte et puissante dame, Madame AnneMarieFrançoise de SaintHermine, à présent sa veuve, dame d'atour de la Reyne. Ledit seigneur comte de Mailly, demeurant en son hôtel, rue de Vaugirard, paroisse SaintSulpice, pour luy et en son nom.

D'une part.

Et trèshaut et trèspuissant Seigneur, Monseigneur Louis de Mailly, chevalier des ordres du Roy, marquis de Néelle et de Mailly en Boulonois, comte de Bohain, Seigneur de plusieurs autres lieux et trèshaute et trèspuissante Dame, Madame ArmandeFélice de Mazarin, son épouse, Dame du palais de la Reine, autorisée dudit Seigneur marquis de Néelle à l'effet des présentes au nom et comme stipulante en cette partie pour haute et puissante Damoiselle LouiseJulie de Mailly, leur fille aînée, à ce présente et de son consentement, demeurant à la cour et à Paris en leur hôtel, rue de Beaune susdite paroisse SaintSulpice.

D'autre part.

Lesquelles parties de l'agrément de trèshault, trèspuissant, trèsexcellent et trèsauguste Monarque Louis, par la grâce de Dieu, Roy de France et de Navarre et de trèshaulte et trèspuissante et trèsexcellente princesse Marie, Reyne de France, trèshaulte, trèspuissante et trèsexcellente princesse Marie de BadenBaden, duchesse d'Orléans, trèshault et trèspuissant prince Louis de Bourbon ... ont reconnu et confessé avoir fait entre elles les traités de mariage, donation et convention qui ensuivent: c'est à savoir que lesdits Seigneur Marquis et Dame Marquise de Néelle ont promis de donner en mariage ladite damoiselle LouiseJulie de Mailly, leur fille aînée, de son consentement, audit Seigneur comte de Mailly qui de sa part promet la prendre pour sa femme et légitime épouse et faire célébrer ledit mariage en face de notre Mère SainteÉglise le plus tôt que faire se pourra.

Pour être lesdits seigneur et demoiselle, futurs époux comme ils seront unis et communs en tous biens, meubles et conquêts, immeubles suivant et au désir de la coutume de Paris, à laquelle ils se soumettent, pour conformément à icelle leur future communauté et conventions de mariage être réglée encore qu'ils vinssent à établir leur domicile et faire des acquisitions en autres pays, coutumes et loix contraires, auxquelles est expressément dérogé et renoncé pour cet égard seulement.

Ne seront néanmoins tenus des dettes et hypothèques de l'un ou de l'autre faites et créées avant ledit mariage, et, si aucunes se trouvaient, elles seront payées et acquittées sur les biens de celuy ou celle qui les aura faites ou en sera tenu.

En faveur duquel Mariage ledit Seigneur Marquis de Néelle donne par ces présentes à ladite Damoiselle future épouse la somme de cent soixante mille livres à prendre après son décès en biens et effets de sa succession, au payement de laquelle somme, il a affecté et hypothéqué tous et chacun de ses biens présens et à venir, et en attendant que ladite somme de cent soixante mille livres devienne exigible par l'ouverture de la succession dudit Marquis de Néelle, il a promis et s'est obligé de payer, par chacun an, audit Seigneur et Damoiselle, futurs époux, la somme de huit mille livres qui commencent à courir de ce jourd'huy...

Promet en outre le dit Seigneur de Néelle de nourrir et loger lesdits Seigneur et Damoiselle, futurs époux, avec deux valets de chambre et deux femmes de chambre, dans les maisons où il fera sa résidence, soit à Paris ou ailleurs, au moins pendant dix années, lesquels logemens et nourritures qui auront été fournis sont estimés cinq mille livres par an et feront partic dc la dot dc laditc Damoiselle, future épouse; ...

Le Seigneur futur époux a doué et doue la Damoiselle future épouse de la somme de huit mille livres par chacun an de douaire, profit dont elle demeurera saisie du jour du décès dudit Seigneur futur époux, sans être tenue de faire aucune demande, ni interpellation judiciaire...

Le survivant desdits Seigneur et Damoiselle future épouse aura et prendra par préciput et avant part en meubles de la communauté tels qu'il voudra choisir suivant la prisée et l'inventaire et procèsverbal à criée jusqu'à la somme de vingt mille livres en deniers comptans, au choix du survivant; si c'est le Seigneur qui survit, il reprendra en outre ses habits, armes, chevaux et équipage, et, si c'est la Damoiselle future épouse qui survit, elle reprendra aussi, outre le préciput réciproque, sa chambre garnie, ses habits, linge, bagues, joyaux, bijoux, diamans et autres pierreries servant à son usage et à l'ornement de sa personne, à telle somme que cela puisse monter.

Pour l'amitié que ledit Seigneur futur époux porte à la Damoiselle future épouse, iceluy Seigneur futur époux a donné et donne par les présentes par donation entre vifs et irrévocable en la meilleure forme que donation peut valoir à la Damoiselle future épouse de luy autorisée autant qu'il se peut, les biens, terres et héritages qui lui appartiennent en meubles et immeubles, de quelque nature qu'ils soient, ensemble ceux qui se trouveront luy appartenir au jour de son décès en quelques pays qu'ils se trouvent et à quelque titre que ce soit, et en cas qu'au jour dudit décès dudit Seigneur futur époux il y ait des enfants nés du futur mariage ou des petits enfants, la donation demeurera nulle et comme non faite...

Car ainsi le tout a été convenu, respectivement stipulé, promis et accepté entre les parties, lesquelles pour faire insinuer ces présentes où besoin sera, ont fait et constitué leur procureur général et spécial, le porteur d'icelle auquel il donne tout pouvoir, et pour leur exécution ils ont élu leur domicile irrévocable en leurs hôtels et demeures à Paris... ledit jour, trente mai de l'année mil sept cent vingtsix.»

En dépit de l'apparentage magnifique, de tous les noms de terres et de seigneuries défilant dans ce triomphant contrat, en dépit des stipulations de rente qui ne furent jamais remplies par les grands parents, l'union du cousin et de la cousine, selon l'expression d'un contemporain, fut toujours le mariage de la faim et de la soif.

Par ce contrat de mariage, la jeune fille de seize ans était devenue la femme d'un débauché fort épris, dans le moment, de la fille d'un fourbisseur qu'il voulait épouser, et qui ne se décidait à se marier avec sa cousine que sur un ordre du Roi qui enfermait sa maîtresse.

Ainsi mariée à ce mari vivant fort en dehors de son ménage, sans enfant, et ayant sous les yeux l'exemple et la conduite des dames du palais de la Reine, madame de Mailly se laissait à avoir un jour une liaison avec le marquis de Puisieux.

Au milieu de cette liaison survenait l'intrigue de madame de Mailly avec le Roi, intrigue qui ne remonte pas à comme le dit Soulavie, mais dont la date est de , ainsi que l'affirme dans cette note, écrite le décembre , le duc de Luynes: «J'ai appris depuis quelques jours seulement que le commerce du Roi avec madame de Mailly a commencé dès , et je le sais d'une manière à n'en pouvoir douter, et personne n'en avait aucun soupçon dans ce tempslà.» Et en effet la liaison connue seulement de Bachelier, de mademoiselle de

Charolais, de la comtesse de Toulouse, était tenue assez secrète pour que d'Argenson, en général bien informé, ne la fasse dater que de l'année . Elle était même si peu ébruitée qu'en , Puisieux, tenu à l'écart et toujours amoureux, tout à coup nommé à Naples par Chauvelin, qui voulait en débarrasser madame de Mailly, venant offrir à son ancienne maîtresse l'hommage de son ambassade et lui disant qu'il ne partirait que sur ses ordres, s'étonnait de se voir souhaiter un bon voyage si délibérément par cette femme près de laquelle il ne se connaissait pas de successeur.

Peu à peu se faisait, les années suivantes, la divulgation des amours du Roi avec madame de Mailly. Les courtisans se racontaient qu'à Versailles, quand le Roi sortait et revenait de souper dans ses petits appartements, il passait deux heures dans ses garderobes où l'on supposait que Bachelier lui amenait madame de Mailly. On parlait aussi dans les voyages de Fontainebleau d'un appartement meublé situé audessous de la chambre du Roi et où personne ne logeait et dont Louis XV avait la clef, appartement tout proche du logement occupé par madame de Mailly. Et le secret, si bien gardé qu'il fût, n'était plus un secret dans l'automne de , où les amours royales fournissaient un couplet à la chanson de la Béquille du père Barnaba.

Enfin, l'année suivante, dans le voyage de Compiègne le Roi déclarait pour ainsi dire publiquement ses amours dans le souper qu'il allait faire au su et à la vue de tous chez Madame de Mailly le juillet .

Madame de Mailly était une charmante et facile maîtresse qui avait cette qualité,tous le reconnaissent,d'être trèsamusante, une qualité bien grande pour ce Roi, si souvent inamusable. C'étaient des petits propos, des babillages drôles, un aimable jargon, du naïf qui jouait l'esprit, un rien de causticité particulier au sang des de Nesle, un fond d'enjouement auquel son bonheur prêtait des vivacités, des étourderies, des ingénuités d'enfant, des enfantillages de femme aimante. Un janvier, jour de la messe de requiem, que l'on disait tous les ans pour les chevaliers de l'ordre du SaintEsprit morts dans l'année, cérémonie où Louis XV assistait en perruque naturelle, quelqu'un apercevait madame de Mailly assise contre la porte de glace donnant chez le Roi, et dans un état d'affaissement tel qu'il s'approchait pour lui demander si elle se trouvait mal. Madame de Mailly lui répondait que non, mais qu'elle était au désespoir, que le Roi lui avait donné rendezvous pour qu'elle pût le voir en perruque, qu'elle craignait d'être arrivée en retard...

Louis XV était aussi reconnaissant à la femme de l'humilité qu'elle mettait dans son adoration, de la facilité qui la faisait entrer dans toutes les amitiés et pour ainsi dire dans toutes les camaraderies du Roi. Elle avait encore ce mérite à ses yeux, d'être désintéressée, de ne devoir demander que bien peu de chose pour elle et les siens, d'avoir une certaine peur du cardinal de Fleury, de n'inquiéter enfin, par son peu d'importance et d'ambition, ni la cour ni la ville. Cette femme sur le retour, si pleine de qualités, n'avait qu'un défaut,et ce n'est pas une médisance de l'histoire,elle aimait le vin de Champagne comme ses grand'mères l'aimaient cinquante ans auparavant, et, le verre en main, aurait été capable de tenir tête à un Bassompierre.

Et voilà avec madame de Mailly les petits appartements qui s'animent et s'égayent jusqu'à la licence. C'est un bruit, une gaieté, un choc des verres, un pétillement du champagne. Dans ces cabinets qui donnent par une porte secrète dans la chambre du Roi, et n'ont de communication avec le reste du château que pour le service, temple dérobé où l'art épuisa les enchantements, le plaisir s'abandonne et se met à l'aise. C'est le sanctuaire mystérieux, le palais magique caché dans Versailles, où les allégories du temps vous montrent du doigt le Sophi, le Roi, et Rétina, madame de Mailly, célébrant les fêtes nocturnes en l'honneur de Bacchus et de Vénus, dans la troupe sacrée des femmes aimables et des courtisans galants. Tout est exquis et rare dans ces débauches royales qui suivent les fatigues de la chasse: les vins sont les plus vieux et les plus fins; la table est succulente, pleines d'épices et de délices, chargée des mets divins de Moutier, l'ancien cuisinier du duc de Nevers, le cuisinier en chef de la Régence, que la Régence immortalisa dans ses chansons; elle s'enorgueillit des salades accommodées par mademoiselle de Charolais et des entremets de truffes faits sous les yeux du Roi. Parfois même,cuisine rare et de mains augustes!cette table a l'honneur des ragoûts que le Roi s'est amusé à tourner luimême sur le feu dans des casseroles d'argent, avec le prince de Dombes, son premier sousaide. Et les fêtes succèdent aux fêtes; un jour, ce sont les petites fêtes où Sévagi, Zélinde et Fatmé, le comte, la comtesse de Toulouse et mademoiselle de Charolais, tempèrent l'orgie et lui font garder le ton du monde et un air de décence; un autre jour, les grands mystères, où la maîtresse du Roi assiste seule, affranchissent la débauche, et, jetant les célébrants aux dernières intempérances de l'ivresse, les ramassent au petit jour et les portent au lit.

Ces excès, ces nuits sans sommeil, cet abus du vin, ont peutêtre chez Louis XV une explication physiologique. Le Roi, dont l'enfance est attristée par un splénétisme, que l'on ne rencontre guère que dans les dégénérescences royales, a un fond atrabilaire qui le rend tout jeune, à certaines heures, sauvage, intraitable, ennemi de l'humanité! On le verra à Fontainebleau, en , rester tout un jour dans son lit, sans vouloir voir ni entendre personne. Cette humeur noire que madame de Pompadour aura plus tard tant de peine à détourner de l'idée fixe qui le hante, de la pensée de la mort, ne se plaît que dans l'entretien de la maladie, des opérations chirurgicales, des détails lugubres du néant humain, et n'aime que les alarmes qu'elle inspire aux vieillards, aux malades. Il y a chez le souverain une bile, des humeurs peccantes que seules peuvent chasser, pour un moment, le cassecou de la chasse à courre, la violente distraction de l'orgie.

Un livre, publié en , contient un chapitre physiologique sur Louis XV, curieux pour le temps où il a été écrit. L'auteur, mettant à profit les observations de Sauvage sur les effets produits dans les espèces animales et végétales par une succession de copulations de père en fils de la même famille, attribue les tics, les manies, l'apathie, la timidité de Louis XV à une maladie morale, à un désordre du système nerveux.

IV

Bachelier, le valet de chambre du Roi.Les entretiens avec le Roi, le premier rideau tiré.Le choix fait par Bachelier d'une favorite sans ambition et sans cupidité.Le Roi souffrant du peu de beauté de sa maîtresse.Les tribulations de madame de Mailly avec son père et son mari.L'inconstance du Roi.Sa maladie de l'hiver .Madame Amelot, la jolie bourgeoise du Marais.Les immunités et les distinctions de la favorite.Les quarante louis des premiers rendezvous.Les chemises trouées et la misère de madame de Mailly après la disgrâce de Chauvelin.Mademoiselle de Charolais et madame d'Estrées travaillant à gouverner le Roi par madame de Mailly.Humeurs de la favorite.Quand vous déferezvous de votre vieux précepteur?

Bachelier, le valet de chambre du Roi, était un gros et important personnage. Épanoui dans l'égoïsme d'un vieux garçon bien portant, maintenu en belle humeur par ses cinquante mille livres de rente, par sa jolie propriété de la Celle honorée de la visite de Louis XV, par l'amour d'une trèsagréable personne, mademoiselle la Traverse, la fille de Baron, renfermé dans la société de deux ou trois gens d'esprit, battant le pavé et le monde de Paris et lui en apportant les nouvelles pour l'amusement du maître, Bachelier était peutêtre l'homme le plus solide en place auprès de ce Roi, élevé par le Cardinal dans l'éloignement et la défiance de tout ce qu'il y avait de grand à la cour, et si bien disposé par son caractère et son éducation aux influences basses et familières de la domesticité. Et le valet de chambre du Roi avait encore eu la chance de trouver pour être son second, un autre luimême, un sousvalet qu'il avait fait recevoir garçon bleu de la chambre, et qui, le remplaçant pendant ses courtes absences, n'entretenait le Roi que du dévouement de Bachelier; puis, son service fait et son rôle joué en conscience, se remettait aux ordres du seigneur de la Celle.

Par làdessus, Bachelier parlait peu, avait l'air de penser profondément, s'était fait un peu géographe, et politique assez suffisamment, pour fournir à la conversation du Roi. Mais Bachelier avait surtout le flair des influences, l'évent des crédits en baisse, le facile détachement des individus, avec la science des manœuvres doubles et des ménagements d'avenir, qui, après lui avoir fait abandonner Chauvelin pour se livrer au Cardinal, lui fera conserver sous main des relations avec le chancelier exilé à Bourges. Il disait bien haut qu'il ne voulait jamais se remarier, de manière à écarter tout soupçon d'une grandeur future à la façon des valets de chambre Beringhen et FouquetVarenne, et jouait le bonhomme au naturel et sans enflure. Ne mettant à sa façon d'être ni hauteur, ni importance, mais usant de souplesse et de rondeur, caressant les espérances de tous, ayant un sourire pour les plans de BelleIsle, trouvant une larme pour les chagrins de la Reine, qu'il flattait d'un retour du Roi, Bachelier, ce vrai souverain des petits appartements, le seul courtisan peutêtre en lequel Louis XV eût confiance, ne semblait tenir à autre chose à la cour qu'à l'amitié de son maître qu'à peine éveillé, et le premier rideau tiré, il était seul à entretenir. On entendait Bachelier parler uniquement de son désir du bien de tous; il n'avait à la bouche que des paroles d'honnête homme, presque de citoyen, ne semblant viser qu'à réconcilier l'opinion populaire avec sa place, et les préjugés avec son service.

C'était sous ce jour que se montrait et se donnait à voir Bachelier; mais au fond ce qu'il avait voulu, ce qu'il voulait encore plus vivement que ne le voulait toute la cour, c'était une intrigue réglée, c'était une maîtresse de sa main dans le lit du Roi, une maîtresse convenable par son rang, mais une créature sans beauté, sans ambition, une femme capable d'une passion désintéressée pour le Roi, et d'une reconnaissance sans révolte pour les ouvriers de son élévation.

Et en novembre , lorsque la déclaration de madame de Mailly, comme maîtresse déclarée, était attendue par une affluence de monde, comme on n'en avait jamais vu à Fontainebleau depuis Louis XIV, Bachelier s'unissait peutêtre au cardinal de Fleury pour empêcher cette élévation.

Madame de Mailly n'était vraiment point heureuse en son rôle et en sa position de favorite. Louis XV lui faisait ressentir les humiliations de son amourpropre d'amant, lorsqu'il entendait les étrangers, la cour, les amis aussi bien que les ennemis de sa maîtresse, le mari même à qui il avait pris sa femme s'étonner de cet attachement pour cette femme sans jeunesse et inférieure à mille autres beautés de Versailles. Lâche et honteux devant le refrain général, presque public, qui chaque jour grandissait, courait dans les chansons, se glissait même dans les causeries des courtisans et le forçait à crier une nuit par une cheminée à Flavacourt: «Te tairastu»! le Roi, à chaque blessure à sa vanité, se vengeait sur sa maîtresse par quelque dureté, par quelque méchant et blessant compliment à l'endroit de sa beauté absente.

Puis pour ce Roi tatillon, curieux de petites affaires et entrant dans les détails de parenté, de ménage, d'argent de ceux qui l'approchaient, les désagréments que madame de Mailly essuyait de sa famille et dont il subissait le contrecoup, étaient une raison et un prétexte à des reproches et à des grogneries. Le marquis de Nesle dont les procès interminables étaient la conversation de Paris, trèsindifférent au scandale et parfaitement insolent dans la ruine, lançait dans le public un mémoire où, maltraitant ses juges, injuriant son rapporteur Maboul, il parlait avec une hauteur magnifique de son misérable procès avec ses misérables créanciers. Madame de Mailly tentait de faire quelques remontrances à son père, mais ses sermons étaient mal accueillis par le marquis de Nesle qui traitait sa fille de g..., et continuait à écrire de hautaines lettres où il menaçait tout le monde de la judicature de ses vengeances. De là mille tracas pour le Roi qui n'avait pas l'esprit d'éloigner sans bruit le marquis, et de faire arranger ses affaires par quelqu'un de compétent. Ce n'était pas là, il est vrai, l'affaire du Cardinal qui voulait une lettre de cachet, un acte de publicité qui fît dire: «Voilà le précepteur plus maître que jamais du petit garçon, il fait fouetter le père de sa maîtresse.» Les filles du marquis de Nesle allaient en vain demander publiquement au Cardinal la grâce de leur père; il était obligé de partir pour Caen, le lieu de son exil. L'original et superbe marquis ruiné y faisait même une façon d'entrée, flanqué de mademoiselle de Seine sa maîtresse et de quatre pages qui étaient tout son domestique. Et quand les affaires du père commençaient à laisser tranquille le Roi, venait le tour du mari qui se faisait arrêter comme francmaçon.

Enfin le Roi se trouvait en ces années en une veine volage, en une humeur papillonne; il n'avait pas que le besoin amoureux d'une maîtresse, il avait la tentation et l'appétit de toutes les femmes et de toutes les sortes de femmes. Il était le jeune et bel infidèle qui, dans les romans du temps, toujours inassouvi et curieux, se donne à toutes les occasions, à toutes les rencontres, à tous les hasards. Ce tempérament ardent, mais cependant si longtemps constant, en cette vie de soupers inaugurée dans les petits cabinets, était amené à chercher moins les satisfactions de l'amour que le prurit du plaisir. Chez Louis XV prenait naissance le libertin, le polisson, ainsi que l'avait appelé cette nymphe du bal de l'Opéra, un peu trop vivement pressée par le Roi sous le masque. Et madame de Mailly avait tous les jours à craindre de se voir abandonner pour une passion, un caprice, une passade.

Presque au moment où madame de Mailly était pour ainsi dire reconnue comme maîtresse déclarée, on parlait de débauches obscures, de fillettes amenées par Bachelier au Roi. Bientôt même Paris s'entretenait d'une galanterie que Sa Majesté avait attrapée avec la fille d'un boucher de Versailles ou de Poissy. La chose même était assez sérieuse pour que les chirurgiens remplaçassent auprès du Roi les médecins et que Louis XV eût un certain nombre d'entrevues avec la Peyronie. Et le jeune souverain se trouvait un moment, dans le mois de janvier de , en un tel état d'affaissement et de langueur que la question de la Régence commençait à s'agiter tout bas entre les courtisans dans les coins des appartements de Versailles.

Louis XV rétabli et guéri pour quelque temps de l'amour des fillettes, une amie intime de madame de Mailly, madame de Beuvron, «ingrate à l'égard de la favorite comme Lucifer», était au moment de lui enlever le Roi.

Madame de Beuvron reléguée au vieux sérail, c'était aussitôt madame Amelot, la femme du tout nouveau ministre, et nommée par les jolies femmes bourgeoises de Paris. Dans deux ou trois soupers faits dans les petits appartements, elle enchantait le Roi par une timidité égale à la sienne. Pendant plusieurs jours le Roi n'était occupé que de la timide bourgeoise. Madame Amelot avait l'honneur de faire attendre pendant un grand quart d'heure, pour une promenade en calèche, Louis XV que l'on entendait dire: «Allons la prendre chez elle!» et il restait encore un quart d'heure à sa porte de faction avec toute sa suite. La cour voyait déjà la femme du ministre maîtresse déclarée, et madame de Mailly, horriblement malheureuse et trèsjalouse, faisait répandre que madame Amelot était une beauté du Marais dont Sa Majesté se moquait comme de son apothicaire Imbert, que, par plaisanterie, il avait emmené à la chasse jusqu'à ce qu'il s'y fût cassé les reins. Mais la bourgeoise du Marais, désireuse du maintien de son mari au ministère, se refusait d'entrer en lutte avec la grande dame, lui faisant humblement la cour, et sollicitant son intérêt et sa protection.

Torturée de jalousie, madame de Mailly en tourmentait et persécutait sans cesse le Roi. Le soupçonnaitelle d'avoir reçu une impression d'une femme? Elle ne lui laissait de repos qu'après avoir obtenu de lui un mot désobligeant sur sa figure, sur sa toilette. Elle guettait le Roi partout, usait sa vie sur ses traces, montait la garde autour des cabinets pour qu'aucune femme n'y soupât avec le Roi sans qu'elle y fût, si occupée à cet espionnage, si absorbée dans cette poursuite du Roi qu'elle ne paraissait plus le soir chez la Reine.

Malgré tout, et en dépit des mépris, des rebuffades et des infidélités de Louis XV, madame de Mailly se promenait avec l'attelage de chevaux tigrés tout nouvellement achetés par le Roi, elle était toujours dans la gondole royale quand les autres dames allaient en calèche, elle était en carnaval de toutes les parties de bal de l'Opéra dans la petite société de pèlerins et de pèlerines ou de chauvesouris que menait Louis XV, elle était la femme qui, au retour des chasses, offrait le pied du cerf au Roi à sa fenêtre. Au feu de la ville son pliant était le plus rapproché du Roi, aux soupers elle était toujours à côté de Louis XV, et s'il y avait des princesses du sang, elle occupait la seconde place à droite; au jeu, la table où elle jouait n'était séparée de la table du Roi que par la cheminée, à la messe la seconde travée à droite de la Chapelle était gardée pour elle. Elle était la seule dame de la cour fournie de bougie aux voyages de Marly; et à sa toilette assistait presque tous les jours l'ambassadeur d'Espagne. Madame de Mailly jouissait donc de toutes les immunités et de toutes les distinctions qui désignent au public une favorite, mais une favorite qui n'avait pas «un écu dans sa poche».

Le marquis d'Argenson raconte avec une certaine autorité qu'au bout de deux entrevues avec Louis XV, madame de Mailly avait parlé au Roi de sa misère qui était en effet fort grande. Le Roi de lui donner libéralement les quarante louis qu'il avait sur lui. Puis une seconde libéralité une autre fois. Mais à la troisième sollicitation, le Roi, ainsi qu'un page qui aurait craint d'être grondé par son gouverneur, représentait à sa maîtresse qu'il n'avait que l'argent de sa cassette, qu'il y avait dessus beaucoup de charges à payer, qu'elle n'y suffisait même pas... Et les deux amants se lamentaient: madame de Mailly sur les exigences de ses créanciers, le Roi sur le peu d'argent dont le Cardinal lui laissait la disposition.

Le garde des sceaux, Chauvelin, qui avait trempé avec Bachelier dans l'intrigue qui avait amené madame de Mailly dans le lit du Roi, et qui avait les mêmes intérêts que le valet de chambre à conserver et à maintenir la maîtresse dans une étroite dépendance, faisait alors dire au Roi qu'il y avait un moyen trèssimple d'arranger cela et de fournir aux dépenses de la maîtresse sans que le Cardinal le sût; il s'offrait à solder les rendezvous sur les fonds secrets du ministère des affaires étrangères, et l'on était tout étonné de voir un jour madame de Mailly dans une élégante chaise qui était du même vernis que les cabinets du Roi.

Mais le payement des rendezvous du Roi par le ministère des affaires étrangères ne durait guère. Au mois de février , Chauvelin était renversé et le cardinal de Fleury, en haine des sympathies de madame de Mailly pour le ministre disgracié, gênait et contrariait les trèsrares libéralités du jeune et avare Bourbon, si bien que madame de Mailly, perdant cinq écus au quadrille, ne pouvait les payer. Et ses amis s'entretenaient de ses chemises élimées et trouées, de la tenue de pauvresse de sa femme de chambre, et plaignaient du fond de leur cœur cette maîtresse de Roi moins payée que la maîtresse d'un sousfermier.

Dans cette détresse et ce dénuement la malheureuse femme avait encore le tourment des mauvais conseils, des tentations, des mirages de grandeurs et de richesses avec lesquels deux femmes troublaient sa faible cervelle.

Grâce à sa maison de Madrid, qui communiquait avec la Muette par de petites allées fermées par des barrières pendant le jour, et qui avait permis à madame de Mailly de rejoindre, sans qu'on le sût, le Roi quand il couchait hors de Versailles, mademoiselle de Charolais était entrée dans l'intimité du Roi, effarouché jusqu'à ces derniers temps par ses hardiesses et ses inconvenances princières. En cette heure de faveur, poussée par son amant Vauréal, évêque de Rennes, et qui visait la succession de Fleury, Mademoiselle songeait à gouverner le Roi par sa maîtresse. Elle s'adjoignait dans cette entreprise la maréchale d'Estrées qui avait fait à ses côtés le métier d'entremetteuse en second et lui apportait les conseils et l'expérience de son amant, le cardinal de Rohan. Et ces deux femmes, manœuvrées dans la coulisse par ces deux grands personnages ecclésiastiques, chauffaient l'ambition de madame de Mailly, l'excitaient à devenir maîtresse déclarée, à se faire créer duchesse, à exiger l'octroi de grands biens, et même la maréchale d'Estrées, exploitant habilement le goût que la maîtresse avait de sa propriété de Bagatelle, lui proposait de la lui vendre pour prendre sur elle la puissance et l'autorité d'un créancier.

Les deux femmes cherchaient à la détacher de Bachelier en lui disant qu'il lui barrerait toujours les grandeurs pour la garder plus dépendante de lui, qu'il voulait la réduire aux honneurs du mouchoir. Elles lui répétaient les propos qu'il tenait sur son compte. Oui, sans doute, il voulait la tirer de la pauvreté, peutêtre lui procurer une petite aisance. Mais n'avaitil pas déclaré qu'il ne souffrirait jamais, à Dieu ne plaise, qu'on renouvelât les scandales de l'autre règne, qu'on n'intronisât à la cour une maîtresse régnante et qu'un jour des bâtards adultérins prissent la place des princes du sang et s'emparassent de toutes les dignités de l'État?

Le complot cependant s'ébruitait; on détachait alors près de la maréchale d'Estrées un abbé, ancien amant ou ancien confident, qui la faisait causer, lui montrant le danger de s'engager trop à fond dans une intrigue qui pourrait la priver des bienfaits de Sa Majesté. Madame de Mailly, elle de son côté, s'apercevait du mécontentement du Roi, se repentait, jurait qu'elle ne le ferait plus.

Après qu'on eut bien causé de la disgrâce et même de l'exil de la princesse de Charolais, le Roi, qui s'ennuyait à Versailles, revenait dîner à Madrid chez mademoiselle de Charolais et passer l'aprèsmidi à Bagatelle chez madame d'Estrées, et les deux femmes recommençaient à parler à l'imagination de la maîtresse. Quoique presque indifférente à sa pauvreté, et ne voulant entendre aucune proposition venant d'un homme d'affaire, et toute défendue qu'elle était «par un petit sens fort droit contre sa tête de linotte», madame de Mailly, sous le tiraillement des mauvaises suggestions, et dans ce perpétuel rappel de l'injustice de son sort, ne pouvait se défendre d'accès d'humeur où elle maltraitait le Roi de la colère ou du mépris de ses paroles.

Dans ces mauvaises heures, gare au Roi! madame de Mailly ne le ménage pas, et les courtisans sont dans l'étonnement de l'affolement rageur qui s'empare tout à coup de la douce créature, et qui au jeu, où elle est presque toujours malheureuse, lui met à la bouche quand Louis XV lui marque le chagrin qu'il éprouve de sa perte: Ce n'est pas étonnant, vous êtes là!

Mais où l'humeur de la maîtresse éclate et se répand en coups de boutoir qui, donnés au Cardinal, vont droit au Roi, c'est dans les soupers de Lucienne chez mademoiselle de Clermont. Dans ces soupers fouettés de Champagne jusqu'à l'aube, où le Cardinal est bafoué, honni, vilipendé, où, selon une expression du temps «on le tient par les pieds et par la tête tout le temps qu'on boit et qu'on mange,» où les convives se moquent tour à tour de ses amours séniles, de son radotage, de sa foire perpétuelle, madame de Mailly est la plus âpre à mordre après le vieux prêtre, et madame de Mailly est la femme qui ramène, comme un refrain sans pitié, après chaque coup de dent donné au premier ministre, cette apostrophe au Roi: «Quand vous déferezvous de votre vieux précepteur?»

V

Mademoiselle de Nesle, pensionnaire à PortRoyal.Son plan dès le couvent de gouverner le Roi et la France.Le besoin qu'avait madame de Mailly d'une confidente de son sang à Versailles.Installation de mademoiselle de Nesle à la cour en mai .Sa laideur.Son caractère folâtre et audacieux.Louis XV faisant à madame de Mailly l'aveu de son amour pour sa sœur.Mariage de mademoiselle de Nesle avec M. de Vintimille, neveu de l'archevêque.Célébration du mariage en septembre.Le Roi donne la chemise au marié.Les complaisances de madame de Mailly.Madame de Vintimille faisant abandonner à sa sœur la société de mademoiselle de Charolais pour la pousser dans la société de la comtesse de Toulouse.

Il y avait alors entre les quatre murs de PortRoyal, dans la paix et la retraite d'un couvent, dans un monde tranquille d'idées austères ou tendres, pieuses ou romanesques, une jeune fille qui roulait dans sa petite tête des ambitions énormes, non l'aspiration vague et impatiente, mais le projet délibéré et le plan réfléchi du plus audacieux rêve. Son imagination montait sans peur au rôle de souveraine de France, et machinait à froid la retraite de Fleury, le renversement du ministère, l'asservissement du cœur du Roi et l'asservissement de la cour. On eût dit que tout ce que l'expérience apporte de sécheresse, tout ce que l'usage de l'humanité, tout ce que le frottement, l'exemple et la vie donnent de désillusions, avaient vieilli et mûri l'esprit, endurci et affermi le cœur de cette jeune fille, hier une enfant, de cette Félicité de Nesle qui déjà peutêtre faisait entrer dans les plans de son élévation le renvoi de sa sœur, madame de Mailly. C'était comme une prescience, comme une divination machiavélique, qui l'avait éclairée sur le chemin de ces grandeurs qu'elle entrevoyait, qu'elle touchait presque, et vers lesquelles sa jeune pensée s'avançait dans un tâtonnement. Toutes ses espérances reposaient sur une étude ou plutôt sur une présomption de l'humeur de ce Roi dont elle pressentait et devinait, sur les ouïdire et les bruits d'un couvent, la physionomie, la personnalité, les habitudes, la volonté sans force, le caractère plié aux dominations, les dégoûts, les lassitudes et les faiblesses.

Et elle étonnait une confidente de son âge, confondue et presque convaincue par le ton d'assurance avec lequel elle lui disait: «J'irai à la cour auprès de ma sœur Mailly; le Roi me verra; le Roi me prendra en amitié, et je gouvernerai ma sœur, le Roi, la France et l'Europe.» En même temps elle annonçait les faciles victoires qu'elle remporterait du premier coup sur le Roi, par les taquineries et les tyrannies dont les femmes savent si bien user, par un règne de jalousie, de secousses, de scènes, de brusqueries, de retours, en un mot, par l'ascendant de cette sorte de crainte, qui seule fait durable le gouvernement de l'amour.

Elle ne se faisait pas illusion sur sa beauté, dont il y avaitelle le savaitbien peu de chose à faire, mais elle comptait sur la vivacité de son esprit, plus personnel, plus original que l'esprit de sa sœur, sur l'entrain de son humeur et de ses idées, sur l'influence croissante que toute nature supérieure et remuante impose, dans le commerce de la vie, à la timidité et à la paresse de l'être qui lui est associé. Et la voilà écrivant tous les jours à sa sœur, la sollicitant de l'appeler auprès d'elle, invoquant ses bontés, parlant à ses tendresses avec les caresses et les enfantillages d'une petite sœur gâtée, intéressant déjà peutêtre, pardessus l'épaule de madame de Mailly, le Roi à ces jolies effusions et aux tournures lutines de son esprit de pensionnaire. Madame de Mailly ne résistait point longtemps, et la jeune personne sautait du couvent à Versailles.

Madame de Mailly se trouvait avoir besoin dans le moment d'un dévouement, d'une affection, d'un conseil. Dans l'éclat et l'affiche de sa liaison longtemps cachée, elle était pleine d'inquiétude, ne comptant que bien peu sur le courage du Roi pour la défendre, pour la soutenir contre la plus légère attaque du Cardinal. La favorite était en outre opprimée, anéantie, pour ainsi dire, sous la protection de son écrasante amie, mademoiselle de Charolais, qu'elle n'aimait point, qu'elle craignait, et avec laquelle elle ne s'épanchait pas, malgré les apparences d'une intimité complète. Le seul véritable ami qu'elle eut peutêtre à la cour, le valet de chambre Bachelier, lui avait donné le conseil de «ne se fier à personne», et elle suivait ce conseil. Mais cette femme sans résolution personnelle, sans volonté, sans concentration, demandait le soulagement, dans l'ouverture de son cœur, de pouvoir parler à quelqu'un, de pouvoir consulter quelqu'un, appelait en un mot une confidente de son sang. Or, mademoiselle de Vintimille avait été de tout temps la sœur préférée de Madame de Mailly. Et dans ces dernières années, où madame de Mailly s'était brouillée avec la duchesse de Mazarin, qui avait employé pour lui arracher le secret de sa liaison avec Louis XV l'artifice, les menaces et les mauvais traitements, l'amitié de la maîtresse du Roi s'était encore accrue pour celle de toutes les demoiselles de Nesle, dont l'indépendance, dans l'extrême pauvreté de la famille, avait affecté le plus de hauteur à l'égard de la duchesse.

Mademoiselle de Vintimille, sortie du couvent, se donna toute à son rôle de complaisante, de confidente de sa sœur; elle ne la quittait pas un instant, ne faisait aucune visite qu'avec elle, vivait dans la plus grande retraite au milieu de la cour. Ce don de sa personne, ce sacrifice de toutes les heures de sa vie, mettaient à tout moment sur les lèvres de la reconnaissante madame de Mailly le nom de sa sœur Félicité, avec toutes sortes de louanges passionnées, émues, si bien que le Roi eut la curiosité de connaître cette créature si dévouée qu'il jugeait déjà une femme d'esprit à travers les conversations de sa sœur qu'il avait appris à ne regarder guère que «comme un écho». Louis XV voulut admettre la sœur de madame de Mailly dans sa société.

Toutefois l'installation de mademoiselle de Nesle n'avait pas été définitive en décembre , elle faisait encore de temps en temps des séjours à son couvent, et elle n'avait eu que de bien rares occasions de se rencontrer avec le Roi, peutêtre une fois chez Mademoiselle, peutêtre une autre fois chez la comtesse de Toulouse à une revanche au cavagnole entre madame d'Antin et madame de Mailly, où le Roi, prévenu que mademoiselle de Nesle devait venir, donnait l'ordre de l'avertir et la faisait asseoir. Ce n'était qu'au mois de mai qu'elle quittait son couvent pour n'y plus rentrer, pour demeurer avec madame de Mailly jusqu'au jour où elle serait mariée. Et elle n'était présentée que le juin au Roi avec lequel elle soupait pour la première fois.

Mademoiselle de Nesle devant faire partie du voyage de Compiègne, Mademoiselle s'empressait d'offrir un appartement à l'invitée du Roi, mais il ne convenait pas à la hautaine personne d'être sous la protection de qui que ce soit, et mademoiselle de Nesle refusait cet appartement, disant à sa sœur: «que puisque le Roi désirait qu'elle eût l'honneur de le suivre, il aurait la bonté de pourvoir à son logement.» Cette requête, s'adressant directement à la personne du Roi, plaisait à Louis XV.

Les courtisans qui voyaient mademoiselle de Nesle, ne trouvaient guère en elle l'étoffe ni l'avenir d'une maîtresse. Ce qui leur sautait aux yeux, c'était un long cou mal attaché aux épaules, une taille hommasse, une démarche virile, une peau brune, un ensemble de traits assez semblable aux traits de madame de Mailly, mais plus sec et presque dur, et qui n'avait pour lui ni ce rayon de bonté, ni cette tendresse de passion.

Aussitôt entrée à la cour, la jeune sœur de madame de Mailly mettait en jeu tous les ressorts d'un caractère folâtre, audacieux, et comme animé d'une pointe de vin. Elle profitait, pour s'avancer, de la première surprise du Roi, et de cette intimidation de la moquerie, si nouvelle pour un prince jusquelà entouré de soumissions. Elle s'exposait à ses désirs avec l'apparente naïveté et la liberté coquette d'une autre Charolais, mais avec plus de suite, une continuité plus hardie, une malice plus épigrammatique, et où le Roi se plaisait à reconnaître les qualités de son propre esprit. Et cette pensionnaire ne tardait pas à se rendre si agréable, si nécessaire au Roi, qu'il ne pouvait plus se passer d'elle, et qu'il ne semblait plus goûter la conversation et la société que dans la compagnie de cette amusante enfant répandant la gaieté autour d'elle. Mademoiselle de Nesle fortifiait ce goût et lui donnait la solidité d'une habitude, en ne laissant point le Roi à luimême, en le tenant toujours sous son charme et sous son caprice, par des inventions de plaisirs, des boutades de pensées, par le tourbillon d'activité et d'imagination qui était sa nature avant d'être son rôle.

Mademoiselle de Nesle était bientôt de toutes les chasses et de tous les soupers de Louis XV, et au mois d'octobre, au voyage de Fontainebleau, elle était installée dans l'appartement des Villars. Madame de Mailly, qui s'apercevait que le Roi commençait à choisir, pour ses séjours dans ses petits châteaux, les semaines où elle était retenue pour son service près de la Reine, ne se sentait plus avoir que les restes des tendresses et des caresses du Roi. Des railleries, des méchancetés qui allaient un jour jusqu'à lui couper sa tapisserie, des comparaisons à l'avantage de sa sœur, des brouilleries, tous les contrecoups de l'infidélité du Roi préparaient lentement madame de Mailly à la confession qui lui arrachait toute illusion: le Roi lui avouait «aimer sa sœur autant qu'elle».

Cependant l'intérêt connu que Louis XV portait à la jeune femme et la protection royale que cet intérêt promettait dans l'avenir au mari, faisaient rechercher la main de mademoiselle de Nesle en dépit de sa laideur. Dès le mois de juillet , au voyage de Compiègne, il avait été question d'une alliance de Félicité de Nesle avec le comte d'Eu, alliance en faveur de laquelle le Roi aurait assuré le rang des légitimés à la postérité. On parlait d'un second mariage qui manquait parce que le maréchal de Noailles s'était blessé de ce qu'on ne s'était pas adressé à lui, et aussi un peu par la répugnance du Cardinal à laisser pénétrer dans la faveur intime du maître une si puissante famille. Enfin Mademoiselle, qui apparaît comme l'entremetteuse du mariage de la sœur de madame de Mailly, décidait l'archevêque de Paris voulant être cardinal à demander sa main pour son petitneveu, M. du Luc, qui devait prendre en se mariant le nom de Vintimille.

Le septembre , le soir à Marly, madame de Mailly faisait part du mariage à ses amis, annonçait que le Roi accordait , livres d'argent comptant, l'expectative d'une place de dame du palais de la Dauphine, une pension de , en attendant, et en outre un logement à Versailles dans l'aile qu'on appelait autrefois la rue de Noailles.

Le mariage et le dîner avaient lieu le dimanche à l'archevêché. De là les mariés se rendaient à Madrid chez Mademoiselle, où ils soupaient.

Le Roi, venu tout exprès de la Muette pour le coucher, faisait l'honneur au marié de lui donner la chemise, honneur que Louis XV n'avait fait encore à personne au monde. Et Soulavie, qui fait remonter la liaison du Roi avec mademoiselle de Nesle au mois de juin , donne à entendre, mais sans appuyer son dire sur aucune autorité, que le Roi prenait la place du mari qui allait coucher dans le lit du Roi à la Muette.

Le lendemain, le Roi assistait encore à la toilette de la mariée qui avait lieu à Madrid.

Trois mois après ce mariage, au jour de l'an de l'année , le Roi, qui avait reçu de madame de Mailly deux magnifiques et singuliers pots à oille de porcelaine de Saxe, ne donnait d'étrennes qu'à une seule femme de la cour, à madame de Vintimille.

Ce fut sans doute une honteuse complaisance que cette patience et ce partage par madame de Mailly des amours infidèles de Louis XV, et elle donna l'éclatant exemple des plus humbles lâchetés et des accommodements les plus bas en demeurant là où elle était réduite à tout servir pour ne rien gêner; malheureuse! qui, baissant la tête sous les dures paroles et dévorant l'injure d'être tolérée, ramassait du cœur du Roi ce que lui en jetait sa sœur. Et cependant il suffira d'un mot pour la faire plaindre dans sa honte, elle aimait.

Toutefois cette soumission ne se fit pas en un jour et sans lutte. Toutes ces années on assiste au déchirement de ce cœur, à travers ces brusqueries, ces bouderies, ces caprices, ces exigences, ces entêtements enfantins qui sont les petites et déraisonnables vengeances de la faible et aimante femme contre l'homme qui ne l'aime plus. Désireuse de jouer, madame de Mailly ne jouait pas pour empêcher le Roi de jouer. Habillée et toute prête, elle se refusait de suivre le Roi en traîneau, ou feignait de se trouver mal de la vitesse avec laquelle le Roi la menait. Un jour que le Roi avait commencé à souper à Choisi avant qu'elle fût descendue, rien ne pouvait la décider à se mettre à table, et elle soupait sur une servante dans une autre pièce. Ou bien, enragée de sa malechance au jeu, elle laissait le jeu du Roi, et envoyait acheter un cavagnole à Paris pour jouer sans le Roi. Et aux coups de tête succédaient les impatiences. Le Roi tardaitil à lui répondre, elle lui jetait cette phrase: «Si une femme était si longtemps à accoucher, elle mourrait en travail.»

On sent en cette pauvre de Mailly, presque tout le temps de sa triste faveur, le trouble de cervelle et comme l'affolement des amours amères et maudites. Et cependant le Roi étaitil enrhumé, c'était madame de Mailly qui lui préparait ellemême un bouillon de navet infaillible; le Roi avaitil le dégoût de sa robe de chambre, c'était encore elle qui courait aussitôt à Paris, achetait une étoffe charmante, faisait travailler toute la nuit et étonnait le Roi à son lever le lendemain par cette toute neuve robe de chambre posée sur la toilette.

En présence de ce cœur brisé qui ne lui en voulait pas et semblait toujours l'aimer, devant cette résignation qui n'avait que la révolte de la mauvaise humeur, devant peutêtre la supplication de n'être point chassée, madame de Vintimille, qui s'était préparée pour une lutte à outrance, changeait de plan. Maîtresse absolue de l'esprit du Roi, elle ne craignait point de laisser sa sœur auprès de lui. Toutes ses précautions se bornaient à écarter de madame de Mailly les personnes qui pouvaient la mener et disposer de ses résolutions. Mademoiselle de Charolais, qui avait fait de la volonté de madame de Mailly un instrument à ses ordres, était éloignée des soupers ainsi que sa sœur mademoiselle de Clermont; ses exigences, sa pression sur le Roi pour faire arriver son amant Vauréal au ministère des affaires étrangères servaient d'occasion à madame de Vintimille, de prétexte au Roi, pour la mettre en pleine disgrâce. Ce débarras fait, madame de Vintimille tournait les amitiés de madame de Mailly vers la comtesse de Toulouse, vers les Noailles, dont elle connaissait l'ambition, mais dont elle savait aussi l'attachement et la constance.

VI

Le comte de Gramont nommé au commandement du régiment des gardes sur la recommandation de madame de Vintimille.La mort du duc de la Trémoille.Le duc de Luxembourg porté par les deux sœurs.Menaces de retraite du cardinal.Lettre dictée à madame de Mailly par madame de Vintimille.Fleury, le neveu du cardinal, nommé premier gentilhomme de la Chambre.Les protégés des deux sœurs.Le maréchal de BelleIsle.La fraternité du duc et du chevalier.Les projets de démembrement de l'Empire de MarieThérèse.Louis XV entraîné à la guerre par les favorites.BelleIsle nommé ministre extraordinaire et plénipotentiaire à la diète de Francfort.Le cardinal forcé de faire marcher Maillebois en Bohême.Chauvelin.Son passé mondain et galant.Ses manières de fripon.Il est exilé à Bourges.Son pouvoir occulte sur les évènements politiques.Il est à la tête du parti des honnêtes gens.

Au commencement du mois de mai , la cour eut l'occasion dans deux circonstances importantes de s'apercevoir de l'influence que madame de Vintimille prenait, en sa grossesse, sur la volonté du Roi.

Le premier duc de Gramont mort, le comte de Gramont, qui faisait profession ouverte d'être ami des deux sœurs, leur demandait de s'employer pour qu'il héritât des charges de son frère. Madame de Vintimille faisait recommander si chaudement l'ami de la famille par madame de Mailly au Roi, que Louis XV choisissait spontanément et de son propre mouvement, sur la liste présentée par le Cardinal, le comte de Gramont pour le gouvernement du Béarn et de la Navarre et le commandement du régiment des Gardes. Jusquelà, cette liste n'était qu'un acte de déférence de la part de l'Éminence qui savait que le Roi ne désignait pour la place que celui qu'il se réservait de lui indiquer nominalement. Et dans cette nomination enlevée pour la première fois au Cardinal, madame de Vintimille obéissait moins à une prédilection particulière pour le comte de Gramont qu'à l'envie d'accoutumer Louis XV à gouverner, à être le maître, à faire le roi.

Dans le courant du même mois, une autre mort affirmait encore plus ostensiblement le pouvoir secret de madame de Vintimille sur les déterminations du Roi. Le , le duc de la Trémoille venait à mourir de la petite vérole, laissant un fils âgé de quatre ans. Le Roi ne voulait pas donner la charge de premier gentilhomme à un enfant, et, porté pour M. de Luxembourg, un de ses familiers préférés, n'osait faire prévaloir son désir. Pendant ce temps, la duchesse de la Trémoille sollicitait la charge pour son fils, les Bouillon pour le petit prince de Tarente, tandis que le Cardinal qui l'ambitionnait pour son neveu, et qui savait que les deux sœurs y poussaient le duc de Luxembourg, n'osait la demander de peur d'un échec et d'un nouveau triomphe de madame de Vintimille.

Dans cette perplexité l'Éminence restait à Issy, inactive et sans dévoiler sa pensée. Maurepas, qui déjà, à propos de la nomination du comte de Gramont, avait traité publiquement avec le dernier mépris les deux sœurs, et le contrôleur qui, plus avisé, s'était contenté de dire au Cardinal tout ce qui pouvait l'irriter, venaient le trouver dans sa retraite. Ils lui représentaient que cette occasion était décisive, que, s'il n'obtenait pas cette charge pour son neveu, son crédit était ruiné à ne jamais se relever, qu'il fallait tout employer, prières, menaces... À la suite de cette visite, le Cardinal écrivait une lettre au Roi, un chefd'œuvre d'hypocrisie, où l'homme d'Église faisant valoir, du mieux qu'il pouvait, les plus mauvaises raisons qu'il avait trouvées en faveur du petit la Trémoille, suppliait Sa Majesté de ne pas donner à son préjudice la charge à son neveu déjà comblé des bontés du Roi. Le Roi, qui était à Rambouillet, frappé du manque de sincérité du Cardinal, ne répondait pas.

Le soir, à son retour à Versailles, Louis XV trouvait une seconde lettre de Fleury, une tréslongue lettre, dont la lecture le plongeait dans une mauvaise humeur qui s'échappait en bouffées de colère pendant le souper. Avant le souper, les courtisans avaient déjà remarqué la sérieuse et chagrine figure que le Roi avait dans sa visite à la Reine, l'oubli qu'il avait fait de donner sa main à baiser à Mesdames comme il en avait l'habitude. Resté seul avec madame de Mailly, Louis XV lui lisait la lettre du Cardinal. L'Éminence ne parlait plus au Roi de la charge de premier gentilhomme de la chambre, elle s'étendait sur son âge, sur ses infirmités qui ne lui permettaient pas de continuer son service, se plaignait de ce que son esprit n'était pas toujours présent le soir, enfin terminait sa lettre en demandant la permission de se retirer. Le Roi, qui perçait le jeu du Cardinal, se répandait en paroles pleines d'emportement, s'écriant qu'il voyait bien qu'il s'était trompé dans l'idée qu'il avait eue de l'attachement du Cardinal pour sa personne, qu'il ne songeait qu'à conserver l'autorité, qu'il jugeait qu'on ne pouvait se passer de lui, qu'il profitait de ce besoin pour arracher cette place, mais il était bien décidé à laisser le Cardinal se retirer et il ne ferait point son neveu premier gentilhomme de la Chambre. Et le Roi répétait à tout moment: «Je croyais qu'il m'aimait, qu'il était sans intérêt et sans ambition, qu'il ne faisait cas de son crédit que par rapport au bien de mon service.»

À toutes ces plaintes pleines d'amertume, à toutes ces paroles de colère qui demandaient un conseil, madame de Mailly ne répondait rien. Prise à l'improviste, la timide et indécise créature ne savait quel parti appuyer, quelle détermination encourager, quelle résolution prendre. Elle restait muette, tout effrayée au fond que la retraite du Cardinal n'entraînât sa disgrâce. Aussi à minuit, dès que le Roi la quittait, couraitelle chez sa sœur. La Vintimille l'écoutait, et aussitôt lui disait:

Écrivez au Roi tout à l'heure, et demandezlui en grâce de donner la charge à M. de Fleury.

Je suis trop troublée pour pouvoir faire une lettre, laissait échapper madame de Mailly.

Prenez votre écritoire, je dicterai, reprenait la Vintimille.

Et la Vintimille dictait à sa sœur une lettre, où elle demandait avec instance au Roi de ne plus songer à M. de Luxembourg et de tout sacrifier pour retenir le Cardinal qui était utile et nécessaire dans les circonstances présentes. Cela dit, madame de Vintimille ajoutait que si cependant le parti du Cardinal était pris irrévocablement, il ne fallait pas que le Roi s'en désespérât, mais qu'il devait se figurer être au moment où il le perdrait par la mort, et songer aux hommes les plus dignes de sa confiance. Alors la sœur de madame de Mailly préparait d'avance le renversement du ministère, passait en revue les ministres. Le Contrôleur, un semblant d'honnête homme, mais dur, mais haï, mais borné et tout au plus propre au maniement des finances. Le Maurepas, un esprit, des talents, mais d'une indiscrétion si outrée, qu'on ne pouvait rien lui confier. L'Amelot, le Breteuil, le SaintFlorentin, des gens si médiocres qu'ils ne valaient pas la peine qu'on parlât d'eux; il fallait donc chercher hors du ministère... Cette lettre, dont le Roi devinait facilement l'inspiratrice, lui rendait la tranquillité de l'esprit et le laissait reconnaissant pour celle qui sacrifiait au repos de son amant l'intérêt qu'elle avait paru prendre au duc de Luxembourg, pour celle qui, dans son empressement à retenir le Cardinal au pouvoir, immolait ses ressentiments et ses haines.

Le lendemain matin, le Roi après son lever disait au duc de Fleury: «Je vous donne la charge de premier gentilhomme de la Chambre.»

Alors commençait de la part du Cardinal une série de tartufferies du plus haut comique. À son neveu, qui lui apportait la nouvelle de sa nomination, il jetait: «Allez vous enfermer dans votre chambre, je vais trouver le Roi et lui rendre la charge.» Son neveu lui ayant fait observer que le Roi lui avait donné la charge devant tout le monde et qu'il avait déjà reçu nombre de compliments, le Cardinal se décidait à aller se jeter aux pieds du Roi en le prenant à témoin qu'il n'avait jamais demandé la charge. Chez la Reine il demandait à s'asseoir, n'en pouvant plus et se lamentant sur le malheur de cette charge donnée à son neveu. À quoi la Reine lui répondait «qu'elle ne voyait rien de si affligeant pour lui.»

Mesdames de Mailly et de Vintimille venant lui faire leurs compliments, le Cardinal pâlissait, rougissait, se troublait, voulait les reconduire, et, madame de Mailly s'y opposant, laissait échapper dans cette phrase la connaissance et la crainte qu'il avait du crédit de madame de Vintimille: «Si ce n'est pas pour vous, c'est pour madame de Vintimille.» Son Éminence se moque,» reprenait ironiquement madame de Mailly.

Madame de Vintimille, cherchant de solides assises à sa faveur, préparait en secret l'avènement de deux hommes vers lesquels l'opinion en ce moment se tournait comme vers les espérances de l'avenir, et dont elle voulait faire les ministres de son prochain règne: Chauvelin et le maréchal de BelleIsle.

Le maréchal de BelleIsle, le capitaine, le négociateur, l'administrateur, le harangueur, l'homme politique, l'homme magnifique, le patron d'une armée de clients, l'enfant gâté de la popularité, ce Pompée enfin, BelleIsle avait eu grand'peine à sortir de la nuit et de l'abaissement où Louis XIV avait voulu tenir la famille de Fouquet: BelleIsle était le petitfils du fameux surintendant.

Ce fut seulement sous la Régence que BelleIsle commença à se montrer, après avoir tout mis en commun, présent, avenir, fortune, avec un frère plus jeune, doué des qualités qui lui manquaient, et qui était dans l'ombre et au second plan une autre moitié de luimême, le génie modeste et l'esprit modérateur de son ambition et de son caractère. Les deux BelleIsle apportaient à Dubois et à d'Argenson les ressources d'un esprit flexible, les vues et les plans d'une imagination inépuisable, propre et prête à tout. Puis on les voyait prendre consistance sous le ministère de monsieur le Duc par leur entente des affaires étrangères, par le commandement que l'aîné obtenait dans la guerre d'Allemagne, par un ensemble de projets hardis que rien ne décourageait, et qui, repoussés et contrariés, revenaient sans cesse à la charge, gagnaient l'armée par leur audace, et battaient en brèche la politique du cardinal de Fleury.

Dès lors les BelleIsle ne devaient plus que grandir. Liés l'un à l'autre, ils se complétaient l'un par l'autre. Le chevalier avait les idées, la réflexion, l'invention des moyens, le dessein des projets, la suite, la solidité, l'insinuation, la persuasion. Le duc avait tout le brillant d'un grand comédien pour faire réussir ce qu'imaginait son frère et enlever le succès. Rien ne lui manquait de ce qui parle au public, de ce qui séduit et entraîne l'opinion. Il était un de ces hommes vides mais sonores, nés pour être ce qui ressemble le plus à un grand homme: un grand rôle. Il avait l'éclat et la passion; et tandis que la parole de son frère ne gagnait que les individus, la sienne emportait les partis. Tous deux, le duc et le chevalier, avaient l'art de se faire des amis partout, de raccoler des dévouements à leur gloire, d'organiser l'enthousiasme, de semer, de la cour jusqu'au peuple, la foi dans leurs plans, la confiance dans leur œuvre, et ils avançaient sans se lasser vers la réalisation de ces plans et de cette œuvre, marchant dans leur union et dans leur force, et montrant, au milieu d'un monde divisé par l'intérêt et dévoré par l'égoïsme, la fraternité de deux esprits mariés et confondus dans une unique volonté et dans une ambition unique.

Ces deux hommes représentaient le parti ennemi de l'Autriche, le parti de la guerre, l'opposition à la politique du Cardinal, à cette politique de paix à tout prix qui mettait son honneur à tenir fermé le temple de Janus. Ils accusaient les timidités et les pusillanimités du Cardinal d'avoir épargné et sauvé déjà trois fois la monarchie autrichienne: en , après l'établissement de la compagnie d'Ostende, en , après la prise de Philisbourg, et cette campagne d'Italie qui ne laissait à l'empereur que Mantoue; en , alors que Fleury avait enchaîné la Turquie victorieuse et prête à marcher à la conquête de l'Autriche. La mort de Charles VI (novembre), les complications que devait amener la Pragmatique Sanction, semblaient aux deux BelleIsle donner à la France l'occasion de reprendre les projets de Richelieu, de les pousser jusqu'à l'extrémité, et d'en finir avec cette maison d'Autriche dont l'épée et les droits se trouvaient alors dans la main d'une femme.

C'est dans cette pensée que le duc de BelleIsle, parvenu dans l'intimité de madame de Mailly, l'entretenait de ce démembrement, d'un partage des provinces de MarieThérèse, à laquelle il ne consentait à laisser qu'une petite souveraineté, en rendant aux Bohémiens et aux Hongrois l'éligibilité de leur couronne rendue héréditaire par la maison d'Autriche. BelleIsle, avec l'entraînement et l'éloquence de sa parole, remplissait madame de Mailly de ses illusions sur les facilités de cette curée de l'Autriche et l'opportunité de ce remaniement de l'Europe.

Il lui parlait d'agir d'abord dans le Nord par des négociations et d'envoyer , hommes dans le midi de l'Allemagne pour frapper de grands coups, de concert avec le roi de Prusse. Il faisait à la maîtresse du Roi un tableau de l'Europe, selon lequel tout nous favorisait, et qui promettait à notre agression l'alliance des uns, la neutralité patiente des autres. Il lui montrait l'Angleterre occupée chez elle de la reconstitution du principe monarchique, sa démoralisation par le ministère corrupteur de Walpole, ses embarras devant une guerre maritime avec l'Espagne, ses appréhensions pour son électorat de Hanovre, le peu d'initiative de son Roi, toutes les raisons enfin qui devaient paralyser son action. Il lui montrait la Russie en proie aux divisions intestines, et distraite du reste de l'Europe par les mouvements des Suédois. Il lui disait quelle alliance sûre la France devait trouver auprès de la Prusse, qui avait besoin d'être appuyée dans son invasion de la Silésie, et à laquelle on offrirait les provinces autrichiennes à sa convenance; quelle alliance on trouverait en Espagne, quel appui auprès de la femme de Philippe V, cette princesse ambitieuse que ne satisfaisait pas encore l'établissement de don Carlos à Naples, et qui songeait à la Toscane ou au Milanais pour l'établissement du second Infant. BelleIsle montrait encore à madame de Mailly et à madame de Vintimille l'alliance presque certaine du Piémont si on l'arrondissait aux dépens de l'Autriche, le soulèvement probable du Turc, l'aide toutepuissante que l'électeur de Bavière donnerait à la France contre l'offre de la couronne impériale.

Enfin il n'oubliait rien pour étourdir l'esprit, l'imagination et l'orgueil des deux favorites; il ne demandait que six mois pour réussir; et quelle gloire le Roi retirerait du succès! Ce serait un nouveau souverain, échappé aux lisières du Cardinal. Et quel mérite pour les deux sœurs d'avoir poussé à l'entreprise! Quelle reconnaissance leur en aurait le public, et quels remercîments leur en ferait l'amour du Roi!

Le cardinal de Fleury objectait les engagements de la France à la Pragmatique Sanction. Il rappelait vainement le prix dont la France avait été payée: la cession de la Lorraine à Stanislas avec réversibilité à la couronne de France. Vainement il rappelait la parole du Roi, sa promesse au prince de Lichstenstein lors de l'avènement de MarieThérèse de ne manquer en rien à ses engagements. Tous ses efforts venaient échouer contre l'influence des favorites, séduites par les plans grandioses et les expositions si flatteuses de BelleIsle. Madame de Mailly, à laquelle madame de Vintimille laissait la part la plus compromettante de la lutte, en s'en réservant le commandement, s'écriait que le cardinal n'était plus «qu'un vieux radoteur capable de perdre l'État»; et quelque partagée et déclinante que fût son autorité sur le Roi, quelque grande que fût sa paresse à s'occuper des choses de l'État, elle puisait dans l'enthousiasme que lui avait soufflé BelleIsle, dans les illusions dont il l'avait animée, assez de force, assez de puissance sur ellemême et sur l'esprit du Roi, pour entraîner Louis XV dans le parti de la guerre.

Cette victoire des favorites et de BelleIsle opérait une sorte de révolution dans la politique, ou au moins dans la politique avouée du cardinal; il équivoquait, puis transigeait avec les plans qui triomphaient, et paraissait se prêter au coup de grâce que l'on voulait donner à la monarchie autrichienne. Mais, toujours économe, toujours préoccupé de marchander la guerre, enchanté d'ailleurs en cette occasion de couper les vivres au projet d'un ennemi que la gloire pouvait faire plus dangereux, il préparait l'insuccès de BelleIsle en ne lui accordant que quarante mille des cent cinquante mille hommes qu'il demandait.

Cependant madame de Mailly faisait nommer BelleIsle ambassadeur extraordinaire et plénipotentiaire du Roi à la diète de Francfort pour l'élection d'un empereur; elle lui obtenait la mission de faire le tour de l'Allemagne pour rattacher les électeurs et les princes de l'Empire au parti de la France.

Soufflée par madame de Vintimille, elle le soutenait à la cour de tout ce qu'elle avait d'activité et d'influence, essayant de fouetter l'apathie du Roi avec les susceptibilités nationales, répétant qu'il fallait se venger sur MarieThérèse de tous les affronts que l'Autriche avait faits à la France, répétant dans le salon de Choisy: «Nous laisseronsnous donner cent coups de bâton sans nous venger?»

BelleIsle faisait sa tournée, encouragé par les lettres de madame de Mailly; il resserrait sur son chemin nos liens avec la Bavière, gagnait deux électeurs au parti de la France, ébranlait le troisième, travaillait à attacher le roi de Prusse à la politique française, tandis que le cardinal, enveloppé dans le mouvement des esprits que menaient mesdames de Vintimille et de Mailly et le parti de BelleIsle, cherchait à tromper MarieThérèse par l'ambiguïté de ses réponses. Et quand l'insuffisance de l'armée accordée à BelleIsle et l'entêtement de l'électeur de Bavière après avoir empêché les troupes françaises d'aller à Vienne, les enfermèrent en Bohême; quand l'héroïsme de MarieThérèse, la défection de la Prusse, la double politique du cardinal parlementant avec la reine de Hongrie, les discordes entre les généraux, eurent fait avorter la campagne et les projets de BelleIsle, les deux favorites ne purent retenir leurs plaintes contre le cardinal. Elles l'accusèrent hautement d'avoir perdu l'occasion, d'avoir compromis le maréchal et trahi l'armée française par ses irrésolutions, ses lésineries et l'insuffisance de ses secours. Le cardinal effrayé voulait échapper à ces plaintes et se débarrasser de l'armée de Bohême par de secrètes négociations de paix. Madame de Mailly déjouait ce projet. Une lettre qu'elle se faisait adresser de l'armée, et qu'elle laissait traîner sur sa table, apprenait au Roi la vérité; et le cardinal, malgré sa résistance au conseil, était forcé de soutenir l'électeur de Bavière et de faire marcher Maillebois en Bohême.

Par leur protection à BelleIsle les deux sœurs caressaient l'orgueil national, cet esprit de guerre et de conquête qui a toujours enivré la France: il leur fallait un héros dans leur jeu; c'était une popularité dont elles avaient besoin pour s'abriter. La protection que les deux sœurs donnaient à Chauvelin était toute différente et par son but et par sa façon; elle visait à flatter un autre sentiment de l'opinion publique, et elle manœuvrait avec réserve et ménagement entre les antipathies du Roi pour la personne de l'exchancelier et l'hostilité des Noailles, jaloux de l'influence de Chauvelin et de son parti.

Ce protégé secret, presque désavoué de mesdames de Vintimille et de Mailly, ce Chauvelin, auquel ses ennemis reprochaient son origine dans une boutique de charcuterie,une boutique, au reste, de bonne noblesse: elle datait de ,avait été écrasé à son entrée dans le monde par la supériorité d'un frère aîné. Cela l'avait jeté, pour faire quelque figure à côté de ce frère, vers les talents, les agréments, les beaux airs, tous les moyens de parvenir de l'homme du monde: sans rival dans tous les exercices du corps, le plus habile des écuyers, le meilleur danseur, le plus adroit tireur d'épée, et royal joueur d'hombre, et agréable chanteur, et joli discoureur, le beau Grisenoire trouvait le temps de devenir un homme d'État.

Une santé à toute épreuve, une volonté de fer, une puissance de travail énorme, lui donnaient, dans une vie dissipée et mondaine, le loisir et l'application nécessaires à cette seconde éducation qui ouvre l'esprit et refait les idées.

D'abord avocatgénéral remarqué, puis mari de la riche fille d'un traitant qui avait eu des affaires, puis président à mortier «par les plus belles intrigues de blanchisseuses et du Pontauxchoux», il achetait de M. Bernard la terre de GrosBois et la payait avec des billets de M. Bernard fils, qu'il avait acquis sur la place, revêtant ainsi tous les actes d'une vie, que d'Argenson dit honnête, des manières d'un fripon.

Allié ici et là, un peu parent des Beringhen, un peu parent du duc d'Aumont par les Louvois, il rayonnait tellement et mettait en avant tant et de si divers protecteurs, que le Régent disait, en plaisantant, que tout lui parlait de Chauvelin, que les pierres même lui répétaient ce nom.

Sans emploi sous le Régent, il s'attachait au cardinal de Fleury. Appuyé auprès de lui par le maréchal d'Uxelles, Chauvelin se rendait précieux au cardinal par sa science du droit public puisée dans les manuscrits de M. de Harlai. Et bientôt, devenu le confident et le bras droit de Fleury, il était fait ministre des affaires étrangères et garde des sceaux.

Mais, au bout de quelques années, Chauvelin, dont la politique appuyant les plans de BelleIsle était «trop fougueuse et trop magnifique» pour le petit traintrain bourgeois du vieux Fleury, travaillait à se créer secrètement un parti, cherchant des appuis dans la maison de Condé qu'il opposait aux Toulouse et aux de Noailles, dans Bachelier, le valet de chambre du Roi, dans le monde des cabinets, dans madame de Mailly dont nous l'avons vu payer les rendezvous avec l'argent des fonds secrets, tentant même d'enlever au cardinal son fidèle Barjac qu'il essayait d'acheter. Et au moment où son ambition immense, partagée par sa femme, était divulguée dans la comédie de l'Ambitieux, il avait été envoyé en exil à Bourges.

Toutefois Chauvelin demeurait, à Bourges et dans la disgrâce, une puissance, un parti et une idée. Il avait laissé à Paris de chaudes amitiés, et son retour était une des plus vives espérances de l'opinion. C'est qu'en ce temps si paisible et si dormant d'apparence, si remué et si agité pourtant, au milieu de ce tiraillement des consciences, devant l'Église pleine de violences et de factions, où les plus grandes familles se trouvaient forcées d'entrer pour garder ou gagner la feuille des bénéfices, devant le scandale des luttes sur la bulle Unigenitus, ce déchirement et ce partage de l'âme humaine en partis humains: jésuitisme, molinisme, jansénisme, sulpicianisme; en face du triomphe du sulpicianisme, dont les tracasseries, d'abord timides, s'élevaient dans le concile d'Embrun jusqu'à la persécution, Chauvelin représentait le tolérantisme, un tolérantisme qui penchait pour les persécutés.

Chauvelin tenait pour le parlement, qui était le centre du jansénisme. Chauvelin ministre, le public était assuré qu'on n'enlèverait pas au parlement la connaissance des affaires ecclésiastiques pour les attribuer à une commission ministérielle, comme il en était question. Et le parlement luimême, qui, par la voix éloquente de l'abbé Pucelle, semblait s'enhardir aux remontrances de l'avenir et se préparer aux audaces du tiers état, le parlement voyait dans le retour de Chauvelin un encouragement et une victoire.

Actif, répandu, et par des relations immenses, des correspondances multipliées, pénétrant le ministère et les relations extérieures, bien venu des femmes les mieux accréditées, insinuant et d'une politesse affectueuse qui touchait à la grâce, Chauvelin allait encore à la popularité par le train bourgeois de ses mœurs, par la simplicité de sa vie à Grosbois, par le rare exemple d'un mari ne découchant jamais, ne soupant pas, et passant ses soirées au travail, par ses habitudes d'application aussi bien que par ce grand mot de bien public qui commençait dans sa bouche son chemin dans le monde. L'état des esprits et les caractères de l'homme se réunissaient donc pour donner la première place dans les sympathies publiques au ministre disgracié, que les deux sœurs soutenaient sans se rendre compte peutêtre du mouvement d'opinion qui les entraînait et les faisait se rencontrer avec le parti des honnêtes gens.

VII

Le château de Choisi.La vie intérieure.Louis XV ne passant plus qu'un jour plein à Versailles par semaine.Les tentatives de madame de Vintimille pour donner au Roi le goût du gouvernement de sa maison et de son royaume.Ses moqueries à l'endroit de la déférence de Louis XV pour son valet de chambre.Grossesse laborieuse de la favorite.Elle est prise d'une fièvre continue.Colère du Roi à propos de son mutisme obstiné.Retour à Versailles.Madame de Vintimille accouche d'un fils.Sa mort (septembre).Son cadavre servant de jouet à la populace de Versailles.Madame de Vintimille la femme à idées et à imagination de la famille de Nesle.Grâce maniérée et préciosité sentimentale de ses lettres.

En ces années le Roi acquérait, de la succession de la princesse de Conti, Choisi, ce petit château qui commençait cette ceinture de rendezvous de chasse et de petites maisons que la royauté allait jeter autour de Versailles et de Paris, partout où il y avait assez de place et d'ombre pour loger le plaisir et cacher l'amour.

Délicieuse retraite que ce petit château de Choisi, si bien fait pour délivrer la royauté de l'étiquette de Marly et lui permettre les aises et les amusements de la vie privée! Sa situation au bord de la Seine, à proximité de la forêt de Sénart, entre des arbres et de Peau, au pied d'un coteau, à l'abri des vents du midi, ses agréments intérieurs, les remaniements exécutés en trois mois, les communications faciles et dérobées, les portes discrètes et secrètes, la salle à manger si gaie en ses élégances, «la sculpture, l'or, l'azur, un meuble des mieux entendus,» la profusion des glaces, la commodité, le bon goût, la galanterie dont l'art du temps avait le secret et le génie, tout faisait de ce petit château une adorable cachette d'amoureux.

Le Roi s'y plaisait singulièrement: il y donnait carrière à ses goûts de bâtisse, à ses idées d'arrangement. Il y prenait des plaisirs de propriétaire, regardant les ouvriers travailler, faisant planter sous ses yeux un jeu d'oie sur le modèle de celui de Chantilly, marquant les arbres à couper pour dégager les points de vue. Il y menait la vie d'un particulier; il y permettait autour de lui la liberté d'une vie de château; et Choisi donnait aux courtisans de la vieille cour de Louis XIV l'étonnement de voir le gouverneur du château prendre place à côté du maître, la société du Roi s'asseoir sur des chaises à dos, les femmes se promener en robe de chambre, parfois même, au scandale du duc de Luynes, en robe à peigner et sans paniers. Les jours où le Roi ne chassait pas, et où la petite calèche fermée n'emportait pas les dames à sa suite: c'était la messe à midi, le déjeuner à une heure, sur les trois heures le jeu chez les dames, où le Roi se rendait comme un maître de maison; à sept heures et demie ou huit heures venait le souper, puis un cavagnole à dix tableaux qui durait une heure et demie ou deux.

Et les jolis matins auxquels il eût fallu les pinceaux fripons d'un Baudouin, les matins où le Roi venait éveiller les femmes, lutinant en jouant leur coquetterie ou leur pudeur, et faisant ainsi de chambre en chambre et d'oreillers de dentelles en oreillers de dentelles ce qu'on appelait: la ronde du Roi.

Madame de Vintimille, devenue la souveraine du petit palais, n'en laissait plus sortir le Roi, qui n'allait plus qu'un jour plein à Versailles, et ne voyait guère plus d'un quart d'heure le Cardinal par semaine. Le vieux Fleury, dépité et furieux, appelait de ses vœux le voyage de Compiègne, où il allait tenir le Roi trois mois sous sa main, annonçant d'avance pour cette époque le renvoi de la Vintimille. Mais tout à coup le Roi déclarait à un souper de Choisi qu'il n'irait point cette année à Compiègne, annonce que tout le monde regardait comme une victoire de la favorite et l'enlèvement définitif du Roi à l'influence du Cardinal.

Alors le grand art de madame de Vintimille est d'occuper le Roi, et son grand effort se tourne à lui apprendre à vouloir. Il semble qu'elle ait eu l'idée de le préparer au gouvernement de l'État par l'administration de sa maison et de l'intéresser au pouvoir royal par une autorité particulière et domestique. On la voit fort appliquée à donner à Louis XV le goût d'une sorte d'économat de son intérieur, elle le pousse aux détails de ménage, elle lui fait renvoyer Lazure qui lui volait son vin de Champagne: c'est déjà l'œil du maître qui s'ouvre en attendant que le coup d'œil du Roi se montre. Elle secoue dans un petit cercle de décisions sans portée et de menues affaires la paresse de sa volonté. Elle enhardit, elle dégage sa résolution, et le Roi lui est reconnaissant de lui avoir trouvé ce passetemps et de familiariser sa timidité avec l'exercice d'une initiative qui l'amuse.

En même temps que madame de Vintimille occupe le Roi, elle l'émancipe, elle le sort tout doucement des influences et des captations de son entourage par des railleries qui n'ont peur de personne et portent jusque sur Bachelier: «Eh bien! Sire, allezvous dire encore cela à votre valet de chambre?» est la phrase ordinaire avec laquelle madame de Vintimille pique l'amourpropre du Roi, le tient en garde contre des confidences qui mettent le maître, même quand il est roi, à la dévotion des valets.

En amusant ainsi le Roi, en lui donnant des goûts nouveaux d'activité et d'indépendance, madame de Vintimille ne tarde pas à le gouverner. Le Roi sourit et se prête à ses plans, à ses amitiés, à sa politique qui ne cesse d'avoir en vue le renversement du Cardinal, et la création d'un ministère composé d'hommes animés d'un esprit de force et d'une inspiration de grandeur que n'avait jamais eu le gouvernement du vieux Fleury. Cependant, même assurée du Roi, madame de Vintimille ne marche qu'avec précaution. Elle use de discrétion et de retenue, et ne donne rien à l'impatience. Madame de Vintimille est la femme maîtresse d'ellemême, la femme incapable des coups de tête de sa sœur de Mailly, la femme qui avait su sacrifier M. de Luxembourg à M. de Fleury. La favorite ne veut rien hâter, rien risquer contre le cardinal; c'est une disgrâce entière et sans retour qu'elle rêve, qu'elle médite et se promet, en sentant remuer dans ses entrailles l'enfant de Louis XV, le gage de sa domination future.

Et tout doucement madame de Vintimille faisait de Choisi, ce château de plaisir, un sérieux Versailles où elle habituait le Roi à traiter les affaires, à avoir des entrevues politiques, à tenir des conseils.

La grossesse de madame de Vintimille était laborieuse et traversée de malaises et de souffrances. Au mois de mars, le Roi, partant pour faire un séjour de deux jours à Choisi, avait voulu s'opposer au départ de madame de Vintimille, dans la crainte qu'un voyage aussi court la fatiguât trop. Mais madame de Mailly, soufflée par sa sœur, disait à Louis XV en badinant, qu'il ne pouvait pas être défendu de faire sa cour au Roi, qu'elle logerait dans le village et qu'elle pourrait au moins le voir pendant le jour. Làdessus les deux sœurs montaient en voiture précédant le Roi.

Au mois de mai, dans un voyage à Marly, madame de Vintimille, tombée malade, était saignée. Le Roi la gardait une partie du temps, assistant à ses dîners et remontant passer la soirée avec elle.

Au commencement d'août, dans un autre séjour à Choisi, alors que madame de Vintimille était dans le huitième mois de sa grossesse, elle était prise d'une fièvre continue avec des redoublements, qui la faisait saigner trois fois coup sur coup. Le Roi quittait Choisi trèspréoccupé, laissant à la malade, pour lui tenir compagnie avec sa sœur, M. de Coigny, M. d'Ayen, M. de Meuse, et, le temps qu'il passait à Versailles, il recevait quatre courriers par jour de Madame de Mailly.

Le Roi ne restait que trois jours à Versailles, et, le août, il revenait à Choisi où il trouvait la malade dans un état un peu meilleur, mais toujours avec de la fièvre. Le Roi lui annonçait à son arrivée qu'il lui donnait à Versailles le logement de monsieur et madame de Fleury; madame de Vintimille faisait espérer au Roi qu'elle serait assez forte pour venir s'y établir la semaine suivante.

Madame de Vintimille, qui tremblait la fièvre tous les soirs, avait les inégalités de caractère, les impatiences, les noires concentrations des jeunes malades qui se sentent atteints dans les sources de leur vie. Une fois, Louis XV la questionnait sur la cause de sa méchante humeur, lui demandait si elle se sentait du mal, la priait de lui confier si elle n'avait point quelque chagrin. À toutes ces tendres et importunes demandes, madame de Vintimille ne faisait point d'autre réponse «sinon qu'elle ne se sentait pas dans son état naturel». Le Roi continuant à l'interroger, la malade ne répondait plus à ses questions. Pris d'un mouvement de colère devant ce mutisme obstiné, Louis XV ne pouvait se retenir de dire à la femme aimée: «Je sais bien, madame la comtesse, le remède qu'il faudroit employer pour vous guérir, ce seroit de vous couper la tête; cela même ne vous siéroit pas mal, car vous avez le col assez long; on vous ôteroit tout votre sang, et on mettroit à la place du sang d'agneau, et cela feroit fort bien, car vous êtes aigre et méchante.»

Ce n'était là qu'une boutade querelleuse d'amoureux, qui ne touchait pas à la passion de Louis XV pour la femme. Et on voyait le Roi, au lendemain de cette scène, s'occuper du choix de la voiture dans laquelle la femme grosse serait le plus commodément pour faire le voyage de Versailles, essayer luimême tour à tour une litière et un visàvis, et, après lui, y faire monter madame de Mailly avec le comte de Noailles, et en dernier lieu choisir le visàvis.

Madame de Vintimille rentrait à Versailles, le août, suivie d'un cortège d'amis, s'installait dans son appartement où le Roi venait passer la soirée. Et les jours suivants Louis XV soupait chez madame de Vintimille, faisant apporter dans sa chambre le souper des cabinets.

Le vendredi er septembre, le Roi restait jusqu'à deux heures du matin chez madame de Vintimille qui commençait à ressentir les grandes douleurs, mais qui les cachait. À cinq heures, les douleurs augmentant, elle envoyait éveiller sa sœur et monsieur de Meuse. Bourgeois l'accoucheur, qui avait été mandé et qui n'avait pas trouvé de voiture pour l'amener à Versailles, n'arrivant pas, madame de Vintimille était accouchée par la Peyronie. Elle mettait au monde un fils que l'archevêque venait ondoyer aussitôt, accompagné de son neveu qu'il avait une certaine peine à amener.

Le Roi, qui passait toute la journée dans la chambre à coucher, près du lit établi dans le grand cabinet du cardinal de Rohan, y prenait même son dîner. Le matin, Louis XV avait reçu dans ses bras l'enfant, puis l'avait posé sur un coussin de velours cramoisi, le touchant et le considérant avec curiosité, attention, plaisir, et comme s'il cherchait à retrouver en lui les traits du père. On se disait que jamais les enfants de la Reine n'avaient remué si vivement le cœur du Roi, et que l'enfant de la Vintimille éveillait en lui des sentiments de paternité qu'il n'avait jamais connus. Et déjà les courtisans calculaient tout bas dans la chambre le grand avenir de la Vintimille, jetée à la mort, huit jours après, toute vivante.

C'était de la part de Louis XV une occupation, mille soins de cette santé dont il surveillait en personne les détails, faisant mettre du fumier depuis le haut de la rampe qui règne le long de l'aile droite du château jusqu'en bas, donnant l'ordre d'arrêter les jets d'eau qui faisaient trop de bruit.

La fièvre persistait cependant, des inquiétudes commençaient à se manifester; madame de Mailly, sans aucun ajustement, en jupon blanc et en petit manteau de lit, ne quittait pas le lit de sa sœur.

Le , le Roi ne s'échappait de la chambre que pour le Conseil et son travail avec le Cardinal.

Le au soir, il y avait une consultation de médecins. On avait mandé Sylva de Paris et Sénac de SaintCyr. Devant l'intensité de la fièvre, les deux médecins étaient d'accord pour saigner madame de Vintimille au pied. Le Roi, obligé ce soirlà de souper au grand couvert, abrégeait son repas et remontait au plus vite dans la chambre de madame de Vintimille. À minuit, elle était saignée en présence du Roi, qui allait se coucher à deux heures, rassuré par un mieux survenu dans l'état de la malade. Mais, sur les trois ou quatre heures, madame de Vintimille était prise de douleurs atroces qui avaient la violence et mettaient en elle l'épouvante d'un empoisonnement. Elle demandait un confesseur, n'avait pas le temps de recevoir les sacrements, mourait dans ses bras à sept heures du matin. Et comme le confesseur, chargé des dernières paroles de la mourante, entrait chez madame de Mailly, il tombait mort.

Tout est horrible dans cette mort: le corps ouvert, mal recousu, et abandonné absolument nu dans la chambre où tout le monde entrait; puis du château, où ne devait jamais séjourner un cadavre, ce corps emporté et jeté dans le coin d'une remise; et alors ce corps, et cette tête qui n'avait plus rien d'humain, et ce visage qui semblait une caricature de la mort, et cette bouche qui avait rendu l'âme dans une convulsion, et que l'effort de deux hommes avait dû maintenir fermée pour le moulage; enfin ces restes macabres et déjà pourris de madame de Vintimille servant de jouet et de risée à la populace de Versailles.

Madame de Vintimille est la forte tête des cinq demoiselles de Nesle. Aussitôt qu'elle est établie à Versailles, elle gouverne sa sœur, elle la tire de son humiliant effacement, elle la force à prendre un parti dans les intrigues au milieu desquelles elle vivait peureusement, elle la mêle à la politique, elle l'arrache à sa timidité, elle lui donne la hardiesse de lutter pour ses protégés; de celle qui n'était rien que la maîtresse soumise du Roi et la servante de tous, elle fait presque une puissance avec laquelle le Cardinal et les ministres sont tout étonnés d'avoir à compter. Louis XV, dès qu'elle en est aimée, elle le tire à la fois de la servitude du Cardinal et de sa domesticité intime, elle le soulève du néant où le confinent ses ministres, elle éveille dans le jeune Roi sommeillant l'envie de gouverner, de régner. De ce Roi, enfant des pieds à la tête, et qui ne s'amuse à trente ans que des choses de l'enfance, elle cherche à faire un souverain, s'efforce d'emporter aux grandes choses cet esprit tout tourné vers les petites. Peutêtre même cette «résurrection» d'un moment chez le souverain français dont tout l'honneur est attribué à madame de Châteauroux, n'est due qu'à la reprise, au plagiat, pour ainsi dire, par la plus jeune des de Nesle, des tentatives, des louables persécutions, des aimables violences de madame de Vintimille sur son apathique amant! Le renvoi d'Amelot et le remplacement du ministre des affaires étrangères par le Roi en personne, ne serontils pas une suite des conseils d'émancipation donnés par la jeune femme enlevée si soudainement par la mort? Et quant à la résolution du Roi de se mettre à la tête de ses armées en , lors de la pleine faveur de madame de Vintimille en , ne parlaiton pas déjà du projet du Roi d'aller commander en Flandre? n'étaitil pas question de la préparation secrète de grands équipages pour le service du Roi? enfin n'avaiton point colporté ce mot de Louis XV à son cuisinier de Choisi: «Pajot, astu du cœur? Irastu bien à la guerre?» mot qui semblait montrer prochainement le Roi de France aux frontières. Oui, dans le peu qu'a fait Louis XV de son métier de Roi pendant tout son règne, madame de Vintimille en apparaît comme l'inspiratrice, et cette favorite tire ses inspirations de sa pensée propre, et ne les doit pas comme madame de la Tournelle aux imaginations d'une madame de Tencin ou d'un Richelieu, n'apportant au fond, quand elle ne les accepte pas, que l'opposition et la contradiction des entêtements étroits.

Mais ce qui surprend et intrigue chez la grande dame politique, chez cette ouvrière de domination, c'est un respect, un goût, un appétit de l'intelligence, de l'esprit, de ces choses en si médiocre faveur près de ses sœurs et des gens de l'ŒildeBœuf. Il y a en effet dans cette habitante de Versailles et cette soupeuse des petits appartements, une épistolaire tout à fait énigmatique avec ses jolies mélancolies dans les grandeurs de la cour, avec sa soif et sa faim des soupers intelligents de la du Deffand, avec ses façons de dire sentant le commerce et l'amour des lettres, avec les efforts de grâce maniérée et le précieux sentimental de son style.

Qu'on en juge par ces deux lettres dont la première a été écrite deux jours après son mariage:

Fontainebleau, septembre .

Que j'aime monsieur de Rupelmonde de m'avoir procuré une lettre de vous, et que je vous sais gré d'avoir suivi votre idée! Estil donc nécessaire, pour m'écrire, d'avoir beaucoup de choses à me dire? Sachez qu'une marque de souvenir et d'amitié de votre part me comble de joie, et de plus mettezvous bien dans la tête qu'il ne vous est pas possible de ne dire que des riens. Votre lettre est charmante. Que je serais heureuse si tous les jours à mon réveil j'en recevais une semblable! Vous me demandez ce que je fais, ce que je dis et ce que je pense? Pour répondre au premier, je vais à la chasse trois ou quatre fois la semaine, les autres jours je reste chez moi toute seule; par conséquent, je ne parle point: ainsi voilà le second article éclairci; ou bien, quand je fais tant que de parler le reste du temps, c'est pour le coup que je ne dis que des riens. À l'égard du troisième, vous jouez le principal rôle, car je pense souvent à vous. Croyez que vous n'êtes pas la seule qui faites des châteaux en Espagne; je me trouve souvent dans la petite maison des jeudis au soir, ou vous êtes maîtresse absolue. Adieu, ma reine. Qu'il serait joli que cela fût réel! c'est ma seule ambition; ce qui vous surprendra, c'est que je n'en désespère pas. Adieu, donnezmoi de vos nouvelles souvent, croyez que vous n'en donnerez jamais à quelqu'un qui vous aime plus tendrement.

Fontainebleau, octobre .

Vous êtes aussi aimable la nuit que le jour; l'insomnie vous sied parfaitement; je ne saurais vous cacher que je ne suis pas trop fâchée de cette petite incommodité, pourvu qu'elle ne dure pas. Je suis extrêmement flattée que pour vous amuser vous ayez pensé à m'écrire. Tout ce que vous me mandez d'obligeant m'enchante. Quoique l'homme soit porté à avoir beaucoup d'amourpropre, je vous dirai franchement que je ne crois pas avoir toutes les qualités que vous me prodiguez. Quand je lis vos lettres, je m'imagine que je rêve, et je vous avoue que j'appréhende le réveil; car il est agréable d'être loué par quelqu'un qui se connaît bien en mérite. Ce qui me fait croire que je n'en suis pas absolument dépourvue, c'est la connaissance que j'ai eue de vous, et qu'aussitôt que je vous ai vue, j'ai senti tout ce que vous valez: voilà sur quoi on me doit louer et sur quoi je prends bonne opinion de moi. Le reste, je l'attribue à l'amitié que vous avez pour quelqu'un dont nous n'ignorons pas les sentiments et que vous savez qui vous est tendrement attaché.

Vous me reprochez de ne point vous mander de nouvelles, c'est qu'il n'y en a pas: nos voyages de la Rivière sont fort simples. Les princesses y ont été, malgré leur différend avec la maîtresse de la maison. Nous n'irons point à Choisi pendant Fontainebleau: s'il y avait quelque chose de nouveau, je vous le manderais, non par la poste, mais par Grillon ou monsieur de Rupelmonde qui est chargé de vous remettre cette épître. Que je vous sais bon gré, ma reine, de parler de moi avec ces dames et le président!

Je serai trèsaise de vous devoir leur estime et quelque part dans leur amitié; comptez que je serai comblée de joie d'être à portée de les voir souvent, et vous savez que je les trouve aimables. Vous avez bien raison de croire que je ne suis pas parfaitement contente. Avant que de vous connaître je me croyais heureuse, mais, depuis que la connaissance est faite, je trouve que vous me manquez, et la distance qu'il y a entre nous met un noir et un ennui dans ma vie qui ne se peut exprimer. Vous conclurez de là avec raison que vous faites mon bonheur et mon malheur. Je suis touchée, comme je le dois, de ce qu'on vous mande de Bretagne; je pense de même sur la longueur du temps, la fin novembre n'est pas prochaine. Vous êtes étonnée, ditesvous, que les gens qui se conviennent ne soient pas assortis; je ne vois que cela dans le monde, je ne sais d'où cela vient, si ce n'est que l'on nous assure que nous ne devons pas être parfaitement heureuses dans cette vie; je crois que l'étoile y fait beaucoup. Enfin je ne veux pas penser à tout cela; je ne désespère pas d'être contente un jour, c'estàdire de vivre avec vous, avec votre société: voilà toute mon ambition. Vous me parlez de madame du Châtelet, je me meurs d'envie de la voir: actuellement que vous m'avez fait son portrait, je suis sûre de la connaître à fond. Je vous suis obligée de m'avoir dit ce que vous en pensiez, j'aime à être décidée par vous; je ferai en sorte de la voir, et le roi de Prusse fera le sujet de la conversation, si tant est qu'elle daigne m'écouter; car je crois que je lui paraîtrai fort sotte.

Adieu, ma reine, vous devez être excédée de mon bavardage, car il arrive fort à propos. Lisez ma lettre le soir, à coup sûr elle vous servira d'opium, mais, par grâce, ne vous endormez pas à la fin, ou du moins promettezmoi de lire les dernières lignes: à votre réveil je veux que vous sachiez que je vous aime, que je vous en assure, et que vous devez compter sur moi comme sur vousmême: que ne suisje à portée de vous en donner des preuves!

Ma sœur me charge de vous faire mille complimens et amitiés: nous parlons souvent de vous. Faites mention de moi en Bretagne.

VIII

Les deux portes de l'ŒildeBœuf restent fermées toute la journée de la mort de madame de Vintimille.Chagrin du Roi partant pour SaintLéger.Louis XV relisant la correspondance de la morte.Le Roi est heureux de souffrir d'un rhumatisme en expiation de ses péchés.Le petit appartement de M. de Meuse.Les tristes soupers du petit appartement.Mademoiselle de Charolais ne réussissant pas à rentrer dans l'intimité de madame de Mailly.Influence de la comtesse de Toulouse et des Noailles sur le Roi.Les emportements de madame de Mailly contre Maurepas.L'aversion du cardinal de Fleury pour le maréchal de BelleIsle.Le maréchal fait duc héréditaire par la protection de madame de Mailly.Chaleur de l'obligeance de madame de Mailly.Son billet de recommandation en faveur de Meuse.Sa délicatesse en matière d'argent.L'anecdote des fourrures de la Czarine.

Le chagrin désespéré que ressentit Louis XV de la mort de madame de Vintimille montrait chez l'homme et l'amant une sensibilité tout à fait inattendue.

Au petit lever, La Peyronie, qui avait refusé aux instances de madame de Mailly de faire réveiller Louis XV pendant que vivait encore la mourante, entrait le premier. Le Roi lui demandait des nouvelles de la malade. La Peyronie répondait qu'elles étaient mauvaises. Au ton dont la réponse lui était faite, le Roi se retournait de l'autre côté et s'enfermait entre ses quatre rideaux après avoir donné l'ordre qu'on dît la messe dans sa chambre. La Reine venue pour voir le Roi, comme elle en avait l'habitude tous les matins, était refusée deux fois. Le Cardinal luimême ne pouvait se faire ouvrir et ne parvenait à s'introduire que pour quelques minutes avec l'aumônier à la fin de la messe. Barjac, chargé d'un paquet arrivé par le courrier de Francfort, avait toutes les peines du monde à le faire remettre au Roi. Les gentilshommes de la chambre n'obtenaient pas leurs entrées, et, ce jourlà, les deux portes de l'ŒildeBœuf restaient fermées jusqu'à cinq heures de l'aprèsmidi. Le Roi se levait seulement alors, descendant chez la comtesse de Toulouse, où il trouvait madame de Mailly, la prenait avec MM. d'Ayen, de Noailles, de Meuse, et montait en voiture pour SaintLéger, se sauvant, pour ainsi dire, de Versailles, et ne disant pas le jour où il reviendrait.

Le Roi, qui était parti sans gardes, sans flambeaux, et sanglotant et pleurant, ne pouvait souper le samedi et le dimanche; le lundi, il se laissait mener à la chasse, mais il était si absorbé en ses tristes pensées, que, lorsqu'on lui demandait l'ordre pour le premier lancé, il ne répondait pas.

Dans la petite maison de campagne de SaintLéger, au milieu de ce cercle étroit d'amis, où il n'était plus le roi, Louis XV, débarrassé des homélies du cardinal sur les faiblesses humaines, des consolations maladroites et peu sincères de la Reine, n'avait plus à cacher

68/77

ses larmes et pouvait leur donner toute liberté. Le roi s'enfonçait dans ses regrets, il trouvait une joie cruelle, une satisfaction douloureuse à les renouveler et à les raviver. Il s'occupait, il s'entourait, il semblait se nourrir et vivre du souvenir de tout ce que sa maîtresse avait été, et il poursuivait son ombre dans tout ce qui lui parlait d'elle, dans tout ce que la mort épargne d'une femme qui n'est plus, remontant le temps pas à pas, abîmé dans la lecture des lettres qu'il lui avait écrites et de celles qu'il en avait reçues, essayant de ressaisir jour par jour la trace et le parfum du temps envolé, allant de reliques en reliques et d'échos en échos, pour revenir à cette cassette aux deux mille billets, l'urne où tenaient les cendres de leurs amours. Et dans de longues conversations entrecoupées de soupirs, parlant des lettres et des papiers de la morte, il aimait à dire qu'il n'y avait découvert que des choses à l'honneur de son cœur, «rien que de trèsbien et de trèsconvenable,» une seule chanson et encore à la louange de l'abbesse de PortRoyal, où madame de Vintimille avait été élevée, s'efforçant avec un culte amoureux et presque pieux de sa mémoire, de détruire l'universelle réputation de méchanceté que la comtesse avait laissée après elle.

Le mois de septembre se passait en petits voyages à SaintLéger, coupés de séjours à Versailles, passés en grande partie dans les appartements de la comtesse de Toulouse en tête à tête avec madame de Mailly, séjours que le Roi abrégeait le plus qu'il pouvait.

La soudaineté de la mort de madame de Vintimille, son mystère, son horreur, les soupçons d'empoisonnement autour du lit, les insultes autour du corps, cette fin misérable qu'un Dieu vengeur semblait avoir abandonnée aux ironies de l'homme pour la faire plus exemplaire et plus frappante, avaient bouleversé le vif et ardent jeune homme qui était dans le Roi. L'inquiétude des châtiments célestes, la terreur de l'enfer qui, malgré les moqueries de madame de Mailly disant qu'il n'y a pas d'enfer, que c'était là un conte de bonne femme, avaient si vivement tourmenté le Roi il y avait deux ou trois ans, lorsqu'il ne faisait pas ses dévotions et ne pouvait toucher les malades, s'étaient réveillées tout à coup, livrant un terrible combat aux ardeurs de son tempérament. Il s'efforçait d'arriver à vivre avec madame de Mailly, comme M. le Duc vivait avec madame d'Egmont sans cohabitation charnelle, si ce n'est par accident; de quoi, dit d'Argenson, on se confesse bien vite. Le Roi écoutait maintenant la messe avec une contrition marquée; à tout moment il avait à la bouche les mots de religion, de lectures spirituelles. Il parlait maintenant de ses souffrances physiques avec un certain plaisir, et un jour les courtisans étaient tout étonnés d'entendre, après un long silence, tomber des lèvres du Roi: «Je ne suis pas fâché de souffrir de mon rhumatisme, et si vous en connaissiez la raison, vous ne me désapprouveriez pas: je souffre en expiation de mes péchés.»

La douleur du Roi trouvait cependant une consolation et un soulagement dans la douleur de madame de Mailly qui avait si bien immolé son bonheur aux plaisirs du Roi qu'elle pleurait avec de vraies larmes une sœur dans madame de Vintimille, et qu'on la voyait tous les jours entendre la messe en l'église des Récollets sur la tombe de sa rivale.

Au mois d'octobre, le Roi, de retour à Versailles et n'en sortant plus guère que pour la chasse et de petits voyages à la Muette, demandait un jour à M. de Meuse qui avait une fort triste chambre avec une seule fenêtre donnant sur la cour des cuisines, s'il ne lui ferait pas plaisir en lui donnant un autre logement. M. de Meuse répondait qu'il recevrait toujours avec reconnaissance les bienfaits du Roi.

«Je veux vous en donner un audessus de ma petite galerie,» disait le
Roi.
M. de Meuse se confondait en remercîments, et déclarait que sa reconnaissance serait d'autant plus grande qu'il serait bien près des cabinets de sa Majesté; «mais je ferai fermer la communication,» faisait Louis XV.

Et l'on raisonnait sur la distribution du logement; il était question d'une petite antichambre, d'une seconde antichambre pour y manger, d'une chambre bien éclairée, d'un cabinet, d'un office, d'une cuisine, etc. Au bout de quoi le roi ajoutait:

«Votre chambre sera meublée, vous y aurez un lit, mais vous n'y coucherez point. Vous aurez une chaise percée, mais vous n'en ferez point usage. Vous aurez la clef dans la poche, et vous pourrez y faire entrer MM. de Luxembourg et de Coigny, quand ils seront revenus de l'armée; mais il faudra que vous y dîniez. Qu'estce que vous voulez avoir pour votre dîner?»

M. de Meuse, qui commençait à comprendre, s'écriait gaiement qu'il aimait faire bonne chère, qu'il ne serait pas fâché d'avoir un potage, une pièce de bœuf, deux entrées, un plat de rôti, deux entremets.

«Mais j'irai y souper quelquefois,» jetait dans un sourire le Roi.
«Combien demandezvous?»
À cette question, M. de Meuse, assez embarrassé, craignant de demander trop ou pas assez, se retournait vers madame de Mailly, lui disant: «Madame la comtesse, aidezmoi donc.»

Madame de Mailly et M. de Meuse calculaient, supputaient, et M. de Meuse, pressé par le Roi, déclarait qu'il pensait pouvoir supporter la dépense avec douze ou quinze cents livres par mois.

L'appartement, ainsi donné à M. de Meuse, allait être en effet la nouvelle habitation de madame de Mailly, dans la société et la compagnie de laquelle le Roi, en son chagrin, voulait se réfugier, fuir, au milieu de Versailles, la cour et la vie de représentation du château.

L'appartement audessus de la petite galerie, que bientôt madame de Mailly appellera «mon petit appartement,» se composait d'une salle à manger joignant les cabinets du Roi, d'un corridor où se trouvaient d'un côté un office et une cuisine, de l'autre une garderobe de femme de chambre et une garderobe de commodité, d'une petite chambre fort jolie avec un lit dans une niche de toile découpée par un tapissier de Paris, un cabinet trèsbien éclairé, où le Roi passait une partie de l'année à travailler à ses plans, les aprèsdînées. Quelques changements y étaient faits plus tard, on prenait une partie de la cour de madame de Toulouse pour bâtir un nouvel escalier qui donnait une antichambre de plus, et on augmentait encore le petit appartement d'un salon d'assemblée trouvé dans un des cabinets où l'on bouchait les lanternes du plafond. C'était le salon où madame de Mailly jouait tous les soirs des jours, où le Roi ne chassait pas et travaillait avec le Cardinal de six à neuf heures.

Le service de la table était des plus simples. Le Roi était servi par un seul officier de la bouche, un seul officier du gobelet; le valet de chambre de madame de Mailly, improvisé maître d'hôtel, mettait les plats sur la table. Il n'y avait que trois douzaines d'assiettes de vaisselle plate marquées aux trois couronnes, et Moutiers, l'ancien cuisinier des cabinets, chargé de la dépense, apportait la plus grande économie.

Aux soupers du petit appartement qui avaient lieu à sept heures, les jours de chasse, il y avait en hommes toujours M. de Meuse, trèssouvent le duc d'Ayen avec le comte de Noailles, une fois par hasard le duc de Villeroy ou le duc de Richelieu, et en femmes madame de Mailly toute seule. Le Roi continuait à être plongé dans une profonde tristesse. Souvent il lui arrivait, après avoir mangé un morceau, de tout refuser, puis de tomber dans une mélancolie noire, dans un état vaporeux dont les convives ne pouvaient le faire sortir, quelque gaieté qu'ils apportassent.

Ainsi se passaient ces étranges et lugubres soupers où, à tout moment, le bruit joyeux des verres, et le rire des paroles prêtes à s'enhardir, s'éteignaient sous les repentirs dévots du Roi, faisant maigre pour ne pas commettre «des péchés de tous côtés», arrêtant tout à coup un sourire commencé pour entrer dans le remords, parlant à tout propos d'enterrement, et si à ce moment ses yeux venaient à rencontrer les yeux de madame de Mailly, éclatant en larmes, et forcé de quitter la table, sans pouvoir fuir cette mort de madame de Vintimille, où il trouvait audelà de la mort même une épouvante suprême, la mort sans sacrements, sans réconciliation avec Dieu... On eût dit que les terreurs et les faiblesses d'un autre Henri III possédaient la conscience de ce roi du XVIIIe siècle, mêlant les actes de contrition aux larmes de l'amour.

De ce rapprochement, de ce ménage de larmoiement et de sensualité funèbre, madame de Mailly tirait une force; elle reprenait un peu d'autorité amoureuse sur le Roi. Louis XV ne faisait plus de voyages les jours où madame de Mailly était de semaine près de la Reine. C'était madame de Mailly qui dressait pour les voyages la liste des invitations et avertissait les princes et les princesses même.

Devant ce crédit renaissant, les femmes qui avaient autrefois ordonné de la volonté de madame de Mailly, voulaient ressaisir cette volonté, sans direction, sans gouvernement, depuis la mort de sa sœur. Mademoiselle, tenue à distance par madame de Vintimille, cherchait à se rapprocher de la maîtresse. Elle parvenait à se faire inviter à quelques voyages à la Muette, mais restant dans l'ignorance si elle en serait jusqu'à la veille; et toujours la réception était froidement polie et sans aucun tête à tête avec madame de Mailly. Dans un des voyages de cette année à Choisi, où le retour était si pénible pour le Roi, Mademoiselle eut le malheur d'avoir au jeu une grosse dispute à propos d'un petit écu. Le lendemain, pour radoucir son ancienne amie, elle lui faisait présent d'un fichet à pousser les billets hors les boules, garni de rubis et de diamants, avec des jetons en agate et en cornaline, qu'elle avait fait faire pour le cavagnole. Mais le cadeau ne servait à rien, madame de Mailly était lasse depuis longtemps de la princesse et de sa domination. On l'avait entendue dire à la Muette, en montant seule de femme dans le carrosse du Roi, en présence de Mademoiselle retournant coucher à Madrid: «qu'elle n'avait pas été fâchée de monter ainsi devant elle, et de lui faire voir qu'elle pouvait se passer d'elle.»

À l'heure présente, l'oreille de madame de Mailly et la faveur de l'amant appartenaient entièrement aux de Noailles, à la comtesse de Toulouse. Cette gent Noailles, ainsi que l'appelle le marquis d'Argenson, pour toutes les révolutions morales qui arrivent chez les souverains, pour les années d'indépendance d'esprit et de libertinage, pour les périodes d'activité physique, pour les retours d'idées religieuses, enfin pour toutes les dispositions de l'âme et du corps d'un Roi, avait des libertins, des athées, des chasseurs, des dévots et des dévotes qu'elle tirait comme d'un magasin d'accessoires et qu'elle produisait sur la scène de Versailles tour à tour. Or, dans ce moment, pour ce couple de tristes amoureux que la cour s'attendait d'un jour à l'autre à voir lire ensemble leur bréviaire, quelle meilleure confidente, complaisante, amie dirigeante que cette princesse dévotieuse, sans rouge, passant des deux heures à l'église, dans un confessionnal, penchée sous la lueur d'une petite bougie sur un livre de prière! Du reste, la pieuse et prévoyante amie de la maîtresse, très au fait du peu de durée des affections terrestres, marchait toujours accompagnée de la jeune demoiselle de Noailles que la cour regardait comme destinée à recueillir la succession de madame de Mailly, tout en poussant dans l'intimité du Roi et de la favorite qui la mettait sur la liste des petits voyages, une autre de ses protégées, la jolie, la séduisante madame d'Antin.

Se sentant maintenue dans le cœur inconstant de Louis XV par la paix momentanée de ses désirs, et appuyée par cette coalition de tous les Noailles groupés à l'heure présente autour du Roi, madame de Mailly se surveillait moins, ne mettait plus de sourdine aux violences de ses antipathies, laissait éclater ses haines contre ses ennemis dans le ministère.

Le vieux de Meuse qui était, lieutenantgénéral et qui aimait la guerre, obligé de dîner tous les jours avec le Roi et madame de Mailly, ou avec madame de Mailly toute seule, les jours où le Roi était à la chasse, se lamentait un soir, à mots couverts, sur l'assiduité, la gêne, la contrainte de cette vie, sur l'espèce de brillante domesticité dans laquelle le confinait l'amitié du Roi, et rappelait à Louis XV la promesse qu'il lui avait faite l'année dernière de servir encore. Louis XV lui disait qu'il avait changé d'avis, puis, le voyant consterné de son refus, il ajoutait: «Il ne faut point prendre un air aussi triste, je suis persuadé de toute votre volonté, mais que voulezvous faire en continuant le service? vous n'êtes plus jeune, vous avez une assez mauvaise santé; que voulezvous devenir: maréchal de France? Ne puisje pas vous faire duc et pair et chevalier de l'Ordre? Tenezvous donc tranquille, et ne soyez point aussi affligé que vous le paroissez.» À quelques jours de là, la conversation familière et secrète revenait au Roi par le Cardinal, enjolivée d'ajoutés, de choses non dites et qui compromettaient Louis XV. Le Roi s'en plaignait à de Meuse devant madame de Mailly, qui, prenant tout à coup la parole avec emportement, disait que c'était elle qui était la cause de ces bavardages, que tout dernièrement la comtesse de Toulouse plaisantant de Meuse de ce qu'il n'allait pas à la guerre, et ayant vu sortir de Meuse tout peiné et sans répondre à la comtesse, elle n'avait pu se retenir de raconter à madame de Toulouse les regrets de M. de Meuse et la conversation du Roi; elle ajoutait qu'il y avait là le bailly de Froulay, qui était un ami de Maurepas et qui avait dû lui rapporter la confidence faite à la comtesse. Làdessus, maltraitant de paroles Maurepas, elle donnait carrière à tous les ressentiments longuement amassés en elle et se livrait à une véritable exécution du ministre. Le Roi cherchait à le défendre, soutenant que sa légèreté ne s'étendait pas aux choses essentielles, qu'il y avait des choses qui n'avaient jamais été sues que de lui et de son ministre et dont personne n'avait jamais été instruit: «Cela est bien extraordinaire, répondait madame de Mailly avec une vivacité colère, s'il n'étoit pas secret en pareil cas, il faudroit donc que la tête lui eût tourné.»

En cette année , madame de Mailly devient une influence, presque une puissance à laquelle Breteuil recevant des nouvelles d'Allemagne envoie un courrier, ainsi qu'il en envoie un à Issy. Héritière de la politique de sa sœur, elle continue sa protection à Chauvelin et au maréchal de BelleIsle; avec l'autorité qu'elle a prise sur le Roi, dans cette vie d'intimité avec lui, Chauvelin, elle est un moment, une heure sur le point de le voir rappeler. La lettre de rappel était écrite par le Roi, elle était remise au duc de Villeroy, ami de Chauvelin, le courrier se tenait botté pour partir, lorsqu'au dernier instant, le Roi s'ouvrait au cardinal qui avait l'habileté d'appeler au ministère d'Argenson et le cardinal de Tencin. Et madame de Mailly était encore une fois jouée par le vieux Fleury.

Mais, si la favorite n'avait pu parvenir à replacer Chauvelin, elle avait le bonheur de maintenir en place contre les mauvaises dispositions du cardinal le maréchal de BelleIsle qu'elle songeait, ainsi que sa sœur en avait eu l'idée, à faire un jour premier ministre, encouragée en ce projet par la comtesse de Toulouse devenue bélisienne et si passionnément, qu'elle s'était presque brouillée avec ses neveux.

Madame de Mailly combattait, luttait, mettant à profit les fréquentes coliques et les jours d'alitement du cardinal à Issy. Mais le vivace vieillard qu'on avait vu, le jour où il avait eu ses quatrevingtneuf ans, dire, par une espèce de fanfaronnade, la messe à la chapelle, après quelques gobelets d'eau de Vals, quittant tout à coup sa marche tremblotante, son teint momifié, encore tout foireux et breneux, apparaissait dans les corridors de Versailles, le visage clair, redressant sur ses jambes cagneuses sa grande taille diminuée de quatre pouces, et se glissant et se coulant, ses longs cheveux blancs au vent, il pénétrait chez le Roi où, en une heure de conversation, il défaisait le travail de toute une semaine de la favorite.

Le malheur voulait pour madame de Mailly que précisément à cette heure le cardinal disait pis que pendre du BelleIsle. Un moment, séduit par son éloquence et sa réputation de grand homme, mais encore plus par la croyance que M. de BelleIsle était le grand ennemi de Chauvelin, le Cardinal n'avait pas tardé à éprouver une basse jalousie pour l'homme dont la grandeur des conceptions et des plans étonnait, déconcertait le terre à terre de ses idées politiques. Puis, lorsque l'Éminence s'était aperçue que M. de BelleIsle était l'ami de gens qui passaient pour être liés secrètement avec Chauvelin, qu'elle avait reconnu qu'il était aimé du Roi, protégé par la maîtresse, qu'elle l'avait trouvé indépendant, elle l'avait pris dans l'aversion qu'elle s'était tout à coup sentie pour M. de Chauvelin, quelques mois avant son exil.

Donc la disgrâce du maréchal était résolue par le Cardinal, et le maréchal, devant arriver d'Allemagne le mars dans la soirée et faisant prévenir à trois heures le Cardinal qu'il avait besoin de le voir à son débotté, le Cardinal ajournait l'audience sous le prétexte qu'ils seraient las tous les deux, et que le maréchal eût à se reposer. Sur cet ajournement, cachant un refus d'audience, tombait chez l'Éminence madame de Mailly qui, malgré l'enragement de Barjac, forçait la porte et demeurait enfermée une heure et demie avec le Cardinal. Le vieux Fleury, qui avait d'abord pris un ton de galanterie avec la maîtresse, entrait tout doucement en colère, et se fâchait, et criait, pendant que Barjac, son âme damnée, pestait dans l'antichambre. Enfin, madame de Mailly, à force de prières, de flatteries, d'importunités, arrachait au Cardinal la promesse de recevoir M. de BelleIsle le lendemain.

La réception était des plus froides, durait une minute et demie, et, au sortir de l'audience du Cardinal, le Roi adressait à peine quelques paroles au maréchal.

À quelques jours de là, dans un conseil tenu à Issy,et où, par parenthèse, le maréchal arrivait en retard, et où ce retard faisait envoyer savoir chez lui s'il était à la Bastille,M. de BelleIsle rencontrait chez les ministres et surtout chez M. de Maurepas une hostilité qui n'avait plus la pudeur de se dissimuler. Alors l'homme qui venait de concilier en Allemagne de grands et difficiles intérêts, qui venait de mettre la couronne impériale sur la tête de l'électeur de Bavière, le guerrier et le diplomate que d'Argenson compare «à Gulliver lié et tourmenté par des pygmées,» se plaignait avec des paroles pleines d'emportement et d'un hautain mépris, de l'indécence des propos tenus contre lui, du vilipendage de parti pris auquel s'était livré à son égard le ministère, du discrédit et du déshonneur dont on l'avait frappé, finissant par déclarer qu'il n'avait plus l'autorité nécessaire pour servir le Roi.

C'est alors que madame de Mailly, après cette première démarche auprès de Fleury qui avait peutêtre sauvé le maréchal de l'exil, de la Bastille, se mettait en tête de lui faire obtenir une marque de confiance qui lui permît de travailler utilement pour le service du Roi. Le mercredi mars, la maîtresse s'entretenait avec le duc de Luynes du besoin, pour l'intérêt du Roi et de l'Etat, que le maréchal reçût une marque éclatante de bonté de Sa Majesté, répétant que c'était de toute nécessité et ne prévoyant, disaitelle, d'autre opposition que celle que pourrait apporter la volonté du Cardinal que le Roi voulait toujours traiter avec des égards et de la considération. Madame de Mailly ne cessait de parler de cette marque de bonté aux personnes qui se trouvaient là, sollicitant leur approbation, s'efforçant de préparer une opinion favorable à une chose qui semblait déjà faite au duc de Luynes.

Le lendemain de cette conversation de madame de Mailly avec le duc de Luynes (mai), le maréchal de BelleIsle était déclaré duc héréditaire.

Cette grâce, que la maîtresse proclamait tout haut son ouvrage, était une victoire sur Maurepas et presque une défaite du Cardinal qui, à son coucher, où l'on parlait du duc du matin, laissait échapper sur un ton indéfinissable: «Madame de Mailly aura été bien aise.»

Cette protection de madame de Mailly fut constante et sans lassitude. Madame de Mailly lutta encore pour BelleIsle alors même qu'elle avait à lutter pour ellemême. Au milieu des alarmes de son amour, elle travaille à le maintenir en grâce auprès du Roi et à fortifier dans le public les assurances de sa faveur. Alors que des quarante mille hommes envoyés en Allemagne, Prague ne nous en rend que huit mille, au mois d'octobre , madame de Mailly force le Roi, qui n'avait pas parlé à Beauvau dans un souper des cabinets, de l'entretenir, tout le temps d'un souper au grand couvert, des longs sommeils de Broglie, de ses erreurs, du génie de BelleIsle; et par cette parole du maître aussitôt répandue, nonseulement elle couvre le maréchal, nonseulement elle rassure ses amis, mais elle engage le Roi dans une espèce de promesse publique de continuer à employer le maréchal avec de plus grands moyens d'action.

C'est là la femme; et son envie d'être agréable à ceux qu'elle aime produit, pendant sa liaison avec Louis XV, ce miracle que le Roi timide parle aux gens. Quand elle sait quelqu'un affligé de son silence, elle est au désespoir, et n'a de cesse et de tranquillité que lorsqu'elle a arraché quelques mots à son amant: «il faut qu'on s'en aille content du Roi.»

Cette chaleur de l'obligeance, vous la rencontrez du reste chez madame de Mailly, à un point rare et qui n'est pas ordinaire. Elle éclate tant qu'elle vit chez l'excellente femme, pour son père, pour ses ingrates sœurs, pour ses amis, pour ses connaissances, pour ceux même qui ne se recommandent à elle que par l'intérêt du malheur. Un jour paraît un mémoire d'une demoiselle de Nogent, fille d'un frère de la maréchale de Biron et d'une femme turque qu'une lettre de cachet avait fait renfermer dans un couvent. Sur la lecture du mémoire de la demoiselle qui avait de la fortune, madame de Mailly se monte la tête et s'imagine que ce serait un parti avantageux pour le chevalier Choiseul, fils de M. de Meuse, et assez pauvre cadet, et la voilà aussitôt partie pour Paris, et bientôt chez la maréchale de Biron à laquelle elle communique son idée, de là chez la maréchale d'Estrées qu'elle emmène, et de là au couvent, chez la demoiselle qui n'a aucune envie de se marier, mais qui lui demande sa délivrance; et madame de Mailly se met à courir jusqu'à ce qu'elle ait obtenu pour la prisonnière la permission de rentrer chez elle.

Et ce désir passionné de rendre service, on le retrouve, avec des tournures de cœur adorables, jusque dans les moindres recommandations qui échappent à sa plume. Voici un billet dont la pressante insistance n'a d'égale que la fantaisie de l'orthographe:

Ille vaquent par la mort de M. dentin (d'Antin) la place de capitaine des matelot sur le canal, que je déserirait fort pouvoir obtenir pour qui, pour une homme qui a surement mérité toute autres chose, puis que cest pour monsieur le marquis de Meuse, l'état de ces afair fait qu'il se retourne de tout les costés, ne pouvant avoir mieux, il se contente de peu; je mintéresent ont ne peux pas davantage à tout ce qui le regarde; et tout les plaisir qu'on peux luy faire je me les tient pour fait à moy même. J'ayme mieux vous escrire que de vous ennuier verbalement. Je conte baucoup sur vous pour cette petite afair. Compté aussy sur ma reconnoissance et sur le plaisir que j'ay de vous asurer que personne na l'honneur destre plus sincérment, monsieur, votre très humble et très obéissante servant.